O —

editora Urutau

rua do cajú, 478,
jardim das cerejeiras
06724-015
cotia-sp (brasil)

rua manuel pacheco nobre, 128 - 5º esquerdo
2830-080
barreiro (setúbal)
portugal

[+351] 928053619 [portugal]
[+55] 11 9 4859 2 426 [brasil]

www.editoraurutau.com.br
contato@editoraurutau.com.br

[EDITORA]
debora ribeiro rendelli
[REVISÃO]
marcella sarubi
[PROJETO GRÁFICO]
wladimir vaz
[COORDENAÇÃO GRÁFICA]
tiago fabris rendelli
[DIAGRAMAÇÃO]
victor h. azevedo
[CAPA]

dados internacionais de catalogação na publicação (CIP) de acordo com ISBD

	frança, alexandre gil
F815t	terebentina / alexandre gil frança. - cotia : urutau, 2023. 156 p. ; 13cm x 19cm.
	ISBN: 978-65-5900-505-5
	1. literatura brasileira. 2. prosa. 3. conto. I. título.

CDD 869.985
2023-1374 CDU 869.0(81)

elaborado por odilio hilario moreira junior - CRB-8/9949

TEREBENTINA

ALEXANDRE GIL FRANÇA

[primeira edição]
URUTAU
junho de 2023

sumário

Mais, tôt ou tard, il s'apercevra qu'il n'y a rien sur sa toile, s'écria Poussin.

HONORÉ DE BALZAC
Le chef-d'œuvre inconnu

HALL DE ENTRADA

APRESENTAÇÃO

Passei um bom tempo chamando o livro que você tem nas mãos de *Terebentina* (com "e" no meio). *Terebentina*. Tão bom falar; uma delícia, enfim. E seria por conta da sonoridade francesa, *térébenthine*? Não. O fato é que me soava mais relacional e menos químico *Terebentina*: como o apelido que damos a alguém a partir de uma ou duas sílabas mirando reconhecer definitivamente aquela pessoa em nossas extensas residências mentais. Assim, *Terebentina* vinha com o intuito de chamar pra perto o perigo e a alegria que tal nome poderia evocar. O perigo e a alegria humana. A cada conto, eu a chamava, a Tere. E a cada história ela se limpava da tinta anterior, me embriagando no mesmo gesto com as cores pegajosas que ficavam e eram misturadas diferentemente no papel. De um lado solvente, de outro cachaça: Terebintina (com "i") e seu duplo jeito de se (des)comportar. Sim: nada neste livro é muito verdade, mas os restos que se acumulam formando um nervo, uma imagem, uma carne (viva), produzem a eletricidade do tempo ao se recompor com o presente: essa voz-solvente que sempre nos escapa.

Lila

ANDAR TÉRREO: OS AMANTES

A LEPIDÓPTERA

Elana não gosta de mariposas. Nem do pó amadeirado típico da porosidade; que pode nos cegar, dizem; nos contaminar, deixando marcas na pele, soltando brotoejas, disparando o herpes zoster, rachando calos e inflamações internas no corpo. Não, não, definitivamente, Elana detesta a possibilidade de existência daquela textura típica da ordem das Lepidópteras. E das asas que, diferentemente das borboletas, são fechadas para dentro. E da fototaxia que nos mata de susto. Poderíamos ser pulverizados. Elana não gosta de chuvas repentinas. Não. E da possibilidade de se encharcar no aguaceiro, pegando uma gripe, semanas de cama, corpo mole, febre alta, dor de cabeça; se bem que ela adora um hospital. E a possibilidade de não fazer nada em um hospital. E a possibilidade de completar sudokus; de brincar com a textura das gelatinas. Elana adora gelatinas e os diversos sabores artificiais misturados a elas. Mas não gosta quando forma aquela partícula dura, quebrando o padrão homogêneo da substância. Elana gosta da substância, do recheio de creme em bombas de chocolate, do recheio de mirtilo em donuts de padaria, e do recheio de morango em tortas com massa podre e chantilly. Só do recheio: que se dane a estrutura chata de se mastigar.

Hoje Elana vai ao seu primeiro encontro amoroso. Dirce, sua amiga há quarenta e cinco anos, diz para que Elana utilize o batom amadeirado de sua coleção. Toma, é seu, Elana. Mas Elana é sincera em dizer que odeia aquela cor, que lembra a cor de uma Lepidóptera, ou, pior, de uma mariposa-bruxa. Não, jamais devemos parecer uma bruxa em nosso primeiro encontro; é capaz do cara apagar as luzes todas para voarmos fora dali. Dirce conta que possui um outro de cor vermelha, mas que acha um clichê utilizá-lo neste tipo de situação "amorosa". Elana logo a corrige, pois não se trata ainda de um encontro amoroso, o ambiente, é possível, bem possível, talvez seja um ambiente romântico, com uma canção de elevador ao fundo, cuja letra nos conte algumas verdades, com vinho e comidas exóticas as quais Elana possa abandonar peremptoriamente, como um cidadão abandonando uma cidade — não: o ambiente é romântico apenas em hipótese. Nada pode nos dizer que um espaço fechado com mesas e panos brancos sobre a mesa e marcas redondas de vinho sobre os panos (simetricamente redondas e vermelhas e escuras e cortantes como tatuagens inacabadas) seja um espaço romântico feito para o romantismo arquitetado por Eros, o deus do amor — não: poderia o ar-condicionado estar estragado, poderia ter um cabelo grosso sobre a comida, sobre a entrada, no dorso da manteiga, deslizando sobre a superfície amarela do retângulo, misturada à posta escabeche — não. Nada disso é romântico, Dirce, nada disso me impressiona, nem mesmo o ser humano e suas boas intenções românticas irão me impelir a usar esse batom vermelho e essas rosas boiando em meu intestino. Não há nada boiando em seu intestino, Dirce acaricia a cabeça da amiga. Elas sorriem em conluio. Elana fecha os olhos e diz não querer enxergar mais nada por pelo menos um intervalo comercial. Atordoada (mas não menos disposta), Dirce suspira e pede um sorvete de creme com calda de chocolate. Ela sabe que para Elana é difícil abandonar uma coisa (o sorvete) ou outra (a calda). Nossa especialista em lepidópteras toma a substância homogênea de olhos fechados.

Agora é a hora de provar um vestido. Porque é a primeira vez que Elana participa de um encontro especial, não romântico ou amoroso, mas especial com um ser humano romanticamente intencionado à sua frente. Elana não gosta de rendas, e dos padrões estilo *art noveau* e de toda aquela história de delicadeza feminina que a moda nos sugestiona diariamente. Coisa de tarado, pensa Elana, ao se lembrar de um tio que comprava peças com rendas, o qual um dia chegou a insinuar para que a adolescente Elana usasse uma calcinha com rendinha rosa que a esposa havia comprado em liquidação numa filial das Lojas Americanas. Toma, essa joia agora é sua, Elana. Eca. A renda estimula o que há de pior na imaginação, nem pensar que eu vou usar alguma coisa trançadinha, Dirce. E este tubinho? Vou parecer uma bisnaga amarela e murcha. Acho que o preto liso de cetim. Sim. Este preto meio nada meio "gostaria que ninguém olhasse para a minha cara agora"? Achei bonito, Dirce, penso que as grandes damas do cinema escolheriam este vestido e não essas porcarias com adereços e frufrus que as lojas e as propagandas na televisão tanto nos empurram. Só vai faltar um detalhe: o moletom. Joga fora esta desgraça!

Sozinha no restaurante em silêncio, Elana parecia muito bem acomodada na cadeira de veludo cor de creme. A senhora gostaria de tomar alguma coisa? Sim, obrigada por perguntar: tem Laranjinha da Serra? Não, senhora, infelizmente; serve uma Fanta? Uma Fanta, sim. Seria deslumbrante! "A espera é difícil, mas eu espero cantando." O verso de Jorge Ben Jor atravessa o seu hipocampo, fazendo uma espécie de racha mental em suas conexões. Ela repara na dobra do guardanapo em formato de tsuru, na passividade extraordinária da cor verde acesa em um painel próximo à cozinha, na buzina de um caminhão (a essa hora?) rompendo a homogeneidade do espaço/tempo e, sem pedir licença, vinha impunemente o verso, "a espera é difícil (...)". "Mas eu espero cantando", diz, sem querer, para o homem de meia-idade à sua frente.

— Prazer, eu sou Fábio.

— O senhor me desculpe...

— Senhor? Só aquele lá no céu.

Elana ri da péssima piada, um pouco para dizer a si mesma que aquele homem não poderia e não deveria se converter no tio das rendas.

— Então, cá estamos. Eu sou Elana.

— Eu sei.

Agora, sim, bem ao estilo calcinha em liquidação.

— Fábio, eu gosto do seu nome: Fábio. Ele tem uma pronúncia direta, sem intervalos, sem contratempos, sem ornamentos desnecessários para se chegar à essência dele. Apenas "Fábio".

— Beleza. Elana é bonito também. Você gostaria de um vinho?

— Jamais. Sou contra bebidas alcoólicas.

Pausa.

— Me desculpe. Não sabia.

— Como você poderia saber, não é mesmo?

Ela gargalha para um estádio de futebol, soluça em meio a uma torcida imaginária e depois arrota. Será que Fábio ouviu? Retoma como quem volta a trabalhar em um jardim secreto.

— A propósito, sou Elana.

— Eu sei.

— Ah, me desculpe. Desculpe, desculpe, desculpe. "A espera é difícil (...)", estou nervosa.

— Entendo. Também estou um pouco. (*Pausa*) Vamos falar de você/

— Elana.

— Elana... Você trabalha com o quê?

— Eu fico em casa a maior parte do tempo.

— Trabalha em casa?

Pergunta: seria muito feio dizer que na verdade Elana não trabalha, mas vive da pensão de seu falecido pai? Sim, por isso Elana responde a Fábio da maneira mais prática e convincente possível:

— Faço bolos. Bolos incríveis. Bolos que não parecem bolos.

— Que interessante.

— A Dirce me ajuda. Ela faz a escultura e eu faço os recheios. Hoje mesmo ela fez a escultura das Cataratas do Iguaçu e eu criei um recheio de creme com abacaxi... Uma coisa!

— Que delícia!

— Sim. Sou eu. Elana.

— Como?

— Meu nome. Odeio vinho. Droga. E você? Pelo jeito é um empresário de sucesso.

— Funcionário público.

— Ah, que bom, Fábio! Que lindo isso! Sua vida deve ser deslumbrante!

— Bem comum, na verdade. Trabalho no TJ.

— No TJ?

— Tribunal?

— A propósito, sou/

— Elana.

— Ah, isso. Você entendeu!

O garçom chega com o refrigerante. Fábio olha primeiro para o copo preenchido de espuma, e depois para a toalha impecável, procurando alguma coisa incompreensível para ele e para qualquer um que o olhasse neste exato instante.

— Elana...

— Sim, sou eu!

— Querida, eu vou ao banheiro e já volto, tá bom?

— Ah, Fábio... Você é um homem bonito. Vá com cuidado. Com muito cuidado.

"How deep is your love" começa a tocar. Elana não se aguenta, levanta-se e dança sozinha, abraçada a si, ela adora esta música, ah, meu Deus, que perfeito: bem no meu primeiro encontro amoroso (ela já se permitia utilizar a palavra "amoroso"). Olhos fechados, uma lágrima desce sonora pela bochecha enrubescida. Que deslumbrante! A música termina, ela continua. Uma rajada de ar corta rente a uma de suas orelhas.

— !

O garçom percebe a gravidade do sobressalto. Um vácuo preenche os movimentos lentos da dança que agora se esfarela. Elana aponta para o quadro abstrato ao lado do extintor de incêndios, depois aperta novamente as pálpebras.

— Senhor, meu nome é Elana.

— Sim, senhora.

— Aquilo é uma mariposa?

— Sim. A senhora quer/

— Tire ela AGORA daqui!

O vácuo é transferido para o espaço entre Elana e o garçom. Passa-se uns dois minutos de paralisia, e depois:

— Senhora, não sei se consigo... É que os outros clientes...

— Então, liga para esse número! — Pega um cartão na bolsa e entrega para o rapaz. — Rápido! Por favor, eu vou morrer se você não fizer isso!

Vinte minutos depois, chega Dirce. A amiga está de pé, no mesmo lugar.

— O que aconteceu?

O garçom coloca, tremendo, o resto de Fanta no copo.

— Senhora, do nada ela ficou assim.

— Onde está a mariposa?

O garçom não sabe. Elana, contudo, faz questão de frisar:

— Entre o extintor e o quadro da feirinha hippie.

Dirce pega um copo vazio.

— Faz o seguinte, amigo: traz pra gente um sorvete de creme com calda de chocolate. — Cata a bruxa com um movimento rápido e discreto.

Aprisionada, a Lepidóptera gigante se debateu por alguns segundos, deixando marcas amarronzadas na redoma de vidro.

— É ela! Ah, Dirce, não sei como eu faria sem você.

Ele volta com o sorvete, Elana se emociona. A amiga passa a mão em seus cabelos. As duas sorriem. “Close your eyes, give me your hands, darling...”

— Eu adoro essa! É deslumbrante!

Elana alça a colher até a boca. Geme, sorri, desaba em nuvens em queda livre para outras nuvens. Tudo nos induzia a crer que a substância, criada na mistura entre o sorvete e o chocolate derretido, estaria doce, homogênea, precisa. Vejamos a sua reação:

— !

Confirmado! Não havia dúvidas de que aquela substância estalava doce e perfeitamente homogênea entre a língua e o céu da boca de Elana. Após a longa e minuciosa perscrutação papilar, as duas se levantam. Pagam a Fanta, a sobremesa e seguem rumo ao centro. As luzes do bistrô são apagadas. Restava vazio o copo, antigo cativeiro da bruxa, com a boca virada para o tampo. A mariposa dormia em algum lugar: invisível, até mesmo para as paredes.

LILA

Em menos de cinco minutos, um Porsche estaciona em fila dupla. Na frente, um par de óculos Ray-Ban estilo aviador; atrás, ressoa uniforme uma voz — venham. O estofamento cinza, marmorizado, cheirava a sala de reuniões. Carlos Alberto vestia o moletom da escola, tênis impecáveis, gel nos cabelos; Carlos Alberto cheirava a amaciante. Ao redor de seus olhos, o vitiligo avançava como pequenos tentáculos de leite. Jonas dá um soco em seu ombro, você estuda aqui? Meus pais têm um acordo com a diretoria; venho quando tá vazio, é ridículo, eu sei.

Segue a máquina rumo ao Jardim Europa, entra em um condomínio fechado, Lorenzo sorri transbordante com a cabeça para fora da janela: olhem para Beverly Hills! Atravessando o portal, uma mansão: colunas jônicas acenam antes de se chegar à porta entalhada em mogno; do outro lado, uma residência *concept*, escurecida, com vidros cobrindo a entrada de um aspecto furta-cor, e um cachorro, igualmente sombrio, aguardando no hall pelo lado de dentro.

O tempo atravessa o interior do veículo em câmera lenta.

Tudo, no início, parecia merecer um zoom em seus mínimos detalhes.

Tudo parecia ser folheado a ouro.

Contudo, passamos por mais cinco numerações análogas, antes de enxergarmos a de Carlos Alberto. Esta poderia se tratar de uma guarita enterrada no declive, de um posto de segurança interno, de uma trincheira deslocada na história, mas na lacuna da garagem, escondido entre os elevados cobertos de preto, logo reconhecíamos o imóvel mais caro da região.

Churrasqueira industrial.

Casa de jogos.

Labirinto de hera.

Jardim íntimo.

Quadra poliesportiva.

Piscina contornando os dois locais de convivência, vindo desembocar nos limites de um auditório...

E, claro, um heliporto.

Lorenzo seguia a diminuta caravana como se estivesse entrando num set de filmagem. Mano, isso vai além! E olha que eu já visitei a casa do/

Pessoal, essa é a Lila.

Lila?

Viu nos olhos de Jonas uma corrente magnética imantando de prazer os objetos,

sabe-se lá por que…

… uma cicatriz cortava a maçã de um lado do rosto,

e no outro alguns entalhes profundos de acne conglobata formavam um alto relevo,

os lábios eram finos, imperceptíveis em meio ao carnaval de inflamações;

dependendo da incidência de luz,

poderíamos dizer que os cabelos armavam sem avisar,

como uma fogueira.

E a roupa?

Um moletonzinho suburbano dos heróis da Marvel,

tênis Nike de décadas atrás, gente, que cafona!

Contudo, Lila deu aquele característico "Oi, pessoal".

Oi-pessoal-com-certeza, repetiu Jonas, olhando fixo para seus olhos aquosos.

Risadinhas. Foram para o sofá. Carlos Alberto agia como o Grande Gatsby, oferecendo martinis para os convidados, muito obrigada, "James", diz Lila. Da cozinha, ele agora toca a réplica de uma sineta do século XIX, feita para chamar os serviçais de seus antepassados: pessoal, o que preferem? Eu não sei vocês, mas eu gosto de terror! Jonas concorda (com tudo o que Lila diz). Lorenzo acrescenta: prefiro comédias românticas... Ou documentários... Coisa de gente madura.

Começam a assistir a saga de Freddy Krueger e suas inúmeras continuações.

Lila – Aprendi a ver com meu pai: ele ama os anos 80.

Jonas – E aquele filme, *Pânico*, o que acha?

Lila – Sabe que nunca assisti!

Jonas – Você que gosta dos anos 80, vai adorar. É do mesmo diretor! Tem muita coisa boa hoje em dia! Já viu *Lendas urbanas*?

Lila – Também não!

Jonas – Então a gente vai assistir juntos.

Seu olhar vasculhava as retinas de Jonas em busca de uma âncora sólida que não a deixasse tão perdida.

Lila – Bom, hoje começamos com os clássicos... Quem sabe, amanhã, partimos para algo mais contemporâneo.

Jonas – Eu ia adorar assistir qualquer coisa com você.

Lorenzo – Gente, isso é coisa de criança, pelo amor de Deus!

As luzes silenciam, restando uma penumbra em preto e branco. Lila aciona o encosto que se reclina ao máximo. Olha pela claraboia da sala seu reflexo no céu.

Jonas – Ué, não vai ver o filme?

Lila – Já vi esse. Sei de cor a trama, e a loira não morre no final.

Vira o rosto que, na meia-luz calculada do dimer, se tornava uma escultura, ou melhor, um holograma inatingível. Jonas pega em sua perna. Ela o afasta. Se aproxima da boca. Ela se esquiva.

Jonas – Você não quer?

Lila – Vamos lá fora.

Lorenzo informa a todos que ficará no conforto sofisticado daquela residência deslumbrante. Carlos Alberto oferece mais um martini e um cigarro de cravo em um espetáculo de gentilezas. Daqui, vislumbramos Jonas e Lila de costas, sentados no deck que dá para o labirinto. Os dois fumam e sentem contribuir para a formação da neblina.

Você é lésbica? Tudo bem. Podemos ser amigos.

Ela ri daquele jeito-Lila: meio pra dentro,

meio rocando entre uma respiração e outra.

Treme.

Não, não é isso.

Mas olhe pra mim!

E aponta para o seu próprio rosto.

Os dois ficam em silêncio.

Lila dá uma tragada funda.

Ele não entende o gesto.

Depois, Lila retrai seus lábios ressecados e o olha novamente.

Uma lágrima desce queimando a pele machucada.

Que derrotada que eu sou… Que derrotada…

Não entendo: por que está triste?

Lila protege a revelação de seus olhos com as pontas dos dedos.

Jonas repara no esmalte meio descascado (até nisso vislumbrou futuro)

e então decide pousar, no vão da madeira envernizada,

o cigarro pela metade e recolher as mãos de Lila entre as suas

e guardá-las no bolso como minúsculas conchas de um atol colorido.

Ela enxuga os olhos

e, num rompante, seu pensamento a provoca:

vai ser com ele, não vai?

Sim, tinha certeza.

AH, CRIANÇAS! — Grita Lorenzo enquanto tirava a água do joelho num dos mais belos toilettes que teve a oportunidade de mijar.

Lila sorri adulta

e, com a mesma firmeza, segurou a cabeça de Jonas

e o beijou na boca lentamente, devolvendo a ele

uma verdade, até então, inédita para os dois.

Jonas sentiu na circulação.

O corpo tremeu e relaxou ao mesmo tempo.

Sua língua procurou a língua dela.

Mas tal linguagem, Lila ainda não dominava.

O que foi? Tô com bafo? Ele diz.

Ela ri guardando o som do riso no estômago.

A vergonha invadiu o semblante como cócegas incontroláveis.

Nessas ocasiões, as espinhas de Lila se avermelhavam,

revelando, em cada uma das faces, uma rosácea cheia de nervos e placas sensíveis.

Era a vez dela recolher as conchinhas.

Aproximou o rosto

e beijou levemente um dos cantos dos lábios

e depois o outro,

de modo que Jonas pôde sentir,

de passagem,

o desenho da sua respiração.

Eles, enfim, se abraçaram.

Se esquentaram.

E apagaram as brasas na madeira do deck.

Vamos voltar, Jonas? Está frio...

]   [

][

Carlos Alberto – Olha aí quem voltou de viagem!

Lila acende a luz da sala.

Lila – Jaaaames, mudei de ideia:

Troque imediatamente esse filme.

Olha para Lorenzo.

Nós vamos aumentar o nível da sessão

Olha para Jonas abrindo um sorriso espontâneo, que nos induzia a sorrir também.

Quero que você coloque esta fita.

Isso mesmo:

agora, é a vez de *Carrie*,

a estranha!

FILA DE ESPERA

AS BOCAS

Antes o lábio. O lábio e as linhas que o compõem. A cola. Aquele desgrude lento que é um tipo de respiração secreta. Aquele desgrude lento que é o anúncio de um jorro íntimo. E depois a saliva untando de alimento as linhas, untando de umidade a cor; a lisura e o contorno de um sabor inominável. Depois o movimento, como pernas deslizando o ártico, passo a passo, caminhando--deslizando esculpindo o gelo com algodões. Depois, com, digamos, duas outras pernas, a pressão da queda, a pressão do braço que um outro lábio ao abraçar, envolvendo o lábio abaixo, o lábio inseguro, o lábiespasmo, evoca. A Halls preta se evola encolhida cortando a pontinha colorida da coral-mucosa. Deixamos nossos corpos afundarem. Subimos-pegar-um-ar.

Agora a descida ao verão, ao abraço solar, à profundeza vicária. Agora o calor sanguíneo, mucosa com mucosa, artéria, veia, plasma, dois organismos que se sugam, que se espalham, que se encharcam. Gavetas entulhando carne: cartas suportando letras: doses suportando quedas; espectros úmidos, súbitos; sítios rodeados de eletricidade. Emerge a língua. Antes, o anúncio-lesma, a sombra-lesma, o fantasma-úmido: eis que surge, senhora, Rainha de Espadas, florete lânguido, doce e malemolente — florete espalhando flores recortando pétalas espirrando síncopes. Ejaculando-se. Eis que entra e sai, molhando, molhando, jorrando tato, pressas, orando inquieta a represa do nojo, abrindo espaço para que o órgão embaixo se lembre de acordar: a vida. A língua ensaia a vida e o nascer e o morrer na outra língua. Tudo tem um sabor, eis a prova. Reconheço a carne e um gosto de fototaxia prateada. Funciona, ela aparece, a vida, e rimos, gargalhamos, dois autômatos do riso, duas chagas explodidas em artifícios luminosos. As Moiras desenham luas ao invés de rios. Nosso estômago se expande, o intestino mergulha em alguma lama assombrosa (cítrica e sedosa ao mesmo tempo). Ejaculo mil vezes de maneira invisível aqui. Desembrulho a dor em um espaçoso espreguiçar de prazeres, e a beijo novamente para saber se é isso o que o meu pensamento absorve.

O hálito. O hálito de uma palavra ou outra, o hálito entre uma palavra ou outra, entre fonemas. Agora o seu hálito é o sabor artificial de morango. Uma espécie de redução, destilando gota por gota o açúcar branco derretido na saliva, antes que ficasse azeda a mistura, antes que ficasse sonora a faísca, que ficasse sem pressa a compressa, que ficasse perdido o arrepio. A mistura continua persiste e projeta um futuro de continuidade úmida, cintilante. Ela escorre, ela, a dona da outra boca, escorre lenta no esôfago, remexendo os líquidos do estômago, vasculhando as dobras do intestino, imprimindo uma parede de ar e transparências sibilinas entre os órgãos. Um vento interno guarda a lava dos impedimentos. O ejacular nos suspira juntos antes de acordar. As mucosas querem se acostumar a isso, pedem para que eu me acostume a isso, e dobram suas cobertas para que entre uma dobra ou outra sobreviva à superfície úmida dos seus olhos fechados. São seus olhos fechados que eu desejo tatuar nas pálpebras. São seus olhos fechados que eu pretendo ter na impressora da retina, no amanhecer dos ácidos, no crepúsculo dos sonhos. Esses olhos que eu faço engolir enquanto roço devagar a língua na sua, captando a cor da alimentação, o timbre da sede, o volume dos desejos, os garranchos do sistema nervoso. Essas pálpebras que eu sinto no fundo da retina enquanto sugo a tinta do insaciável, o substrato das luminosidades campestres, o suco invisível do seu deságue. Eu quero escorrer junto, sinto inveja dos fluídos a movimentar seus músculos e artérias. Até porque, em mim, uma dor de entupimento. Um extravasar que se nega a acontecer. Quero beber exatamente isso a que você chama de gozo, e eu chamo de noite.

Quero beber sua imagem como quem bebe o avesso da morte, o avesso do infarto, o avesso do estouro.

Quero murmurar junto a invisibilidade do seu labirinto carnívoro, das curvas do cérebro, do sistema elétrico da memória fusionada, e entender a espuma do espasmódico eclipse, a brevidade esponjosa dessa noite úmida que é a sua boca. Quero continuar a sua boca, cuspir e engolir a saliva, a soma de afetos, a gula por esconderijos. Descansar exaurindo-nos. E lamber as paredes com o corpo, o limo e o sumo dos acontecimentos.

Vejo a sua nudez sorrindo por debaixo das células.

Um planeta dissolvendo o cosmos em nossa queda perfumada.

Você me olha. Seus olhos projetam um sinal lá longe, onde os enxergo como duas bocas que se abrem. Seus olhos fixos aqui a um palmo de distância. Seus olhos impressos na pálpebra fechada. Meus olhos permanecem abertos para que seus olhos continuem fechados, continuem alimentando de pálpebra a minha língua e o meu hálito. Eis um chamado de carne: o salivar do céu; a correnteza da sede. Você se afasta como um bicho tragando a noite entre as presas. Encosto os lábios em seu queixo. Encosto a mão em sua barriga. Você retorna com a iluminação do bairro. Um caminhão de fendas, de máquinas que sangram fulgurantes. Um céu de pordentros se abre na calçada. Há nuvens de pensamentos vazios. A mão se aproxima devagar de um seio. Você a empurra contra a rigidez altiva. Quer que eu acelere. E eu entendo. Compreendo o gesto e agora o volume que tenho ao alcance das mãos ganha uma nova configuração sensível em meu corpo. Aprendi instantaneamente. Você me faz aprender coisas instantaneamente. Chupo a pele do pescoço como se mamasse um leite feito de suor. Sinto pulsar ali. O perfume é contaminado de saliva. Sinto ter lhe encharcado de humanidade. Não, não pode ser. A verdade escorreu para outra dimensão; a dimensão dos líquidos expatriados. A humanidade é uma baba que se limpa com o rosto. Recolho um fantasma de lentidão ereta. Chupo com mais força, agora o sangue pulsa o ritmo de uma música sem notas em meu peito. Tensa a sua pele expulsa outros odores. Perfumes roxos e amadeirados que me inflamam. Estou inflamado de um prazer espesso e sinto possuir nos nervos uma espécie de eletricidade em toras. Ouço o mel pinçando um átimo na ponta da língua. A chuva cai desenhando o beijo no amplo espaço de um verbo.

Chega, você diz.

E me devolve ao lugar ordinário onde os olhos estão demasiadamente abertos.

Nunca mais a tela das pálpebras?

Quero voltar.

Mas o que tenho é somente a estrutura enferrujada.

E é na ferrugem dos dias que me lembro do mel-gemido e das pálpebras e das línguas e dos seios; das inflamações inúmeras. Seria a vida um esforço para retornar a essa sangria sem cais? Quando sentirei novamente o aprendizado das horas costurando fantasmas em minha boca? Agora somente o teatro, o ensaio exaustivo, o passo enxuto, a repetição do horário, o metrônomo dos dias, a figuração infeliz, o desenlace de um filme.

Agora a separação de limites, as coisas e seus lugares, a visita programada, a eucaristia dos costumes…

Como refazer uma boca?

Sinfonia oca e molhada, caos orquestrado em sucções, chuva inundando cidades, vasculhando tocas, rebordando os ares,

chuva implodindo mangues, deslizando terras, sêmola, súmulas, pântanos em comunhão,

o sistema nervoso, a espinha dos mares, a costela dos ventos, convulsões coguiadas, trovões e risadas, gemidos, papilas,

o que alimenta as dores, o que alimenta as somas, as mortes, sol desfolhado, um incêndio invisível, as frutas, sabores, o sal e gotículas,

pigmentos, florescências

de um céu que não se conta, desfazendo-se em ondas, formando-se em germes

germes de gemidos moucos, terra de comer em prantos, de ereção secreta,

terra descarnada, sonda, cárcere gozoso, um íntimo que mostramos juntos, suspirando sombras:

nossa anônima intimidade.

Amar é um verbo conjugado em quem?

Noites destilando noites.

Aquele monte de papel picado.

A câmera lenta da morte que escapa de se tornar cicatriz.

PRIMEIRO ANDAR: OS ARTISTAS

REI

As digitais dançam um único passo na tela do celular. Elas procuram algo incompleto; sem pronúncia. No sangue, seiscentos mililitros de café. Cutuca o osso um alfinete de ácido úrico. Irradia a pinçada para a mão esquerda. Suspira. A fileira de latas forma um dominó, da geladeira emerge um cheiro. O que será? Reinaldo, ou simplesmente Rei, morava nesta síntese: aqui, a sacada, um passo à direita, a cozinha, um passo à esquerda, a entrada, dois passos à diagonal, o quarto, meio passo depois, o banheiro, e, em cima, uma ventoinha meio esmalte descascado, meio boca escancarada cheia de dentes esperando a morte. E não podemos esquecer da vizinha e de suas amigas da facul: cigarrinhos, baforadas, luzes e um vitral faiscando o verde na parede com mofo. O celular cai próximo à privada; as coxas de Rei pulsam e fisgam feito um anzol. Segue bamba até o box. Liga o chuveiro no modo inverno. Sai molhando o piso Eucatex do minúsculo aposento e veste uma camiseta de David Bowie, comprada há cinco anos, logo quando chegou na cidade de São Paulo. Ontem foi um dia de muita gratidão. Muita gratiluz. Rei dançou para uma plateia imensa no parque Ibirapuera a sua única coreografia viralizada nas redes. Estava transbordante! Radiante! Impressionante! Mas sentia que "ainda não era isso". Ah, Deus, era somente uma dancinha! O sonho envolvia turnês monumentais, participações no *Criança Esperança*, no *Arquivo Confidencial*, no programa do Rodrigo Faro, nos *trend topics* do Twitter; e, claro, a famigerada invasão dos paparazzi, roupas importadas, ervas afrodisíacas, champanhe, caviar, poodles, gatinhos.

Correu para o perfil de Conrado, o único que poderia compreender tais anseios acerca da fama.

Um coreógrafo querido, meu Deus, com sua família e filhas fofas, meu Deus, com sua cachorra vira-lata, que Conrado acolheu ali nos fundos do hospital público de Maringá, a cidade-canção. Conrado, um amigo, um irmão: uma honra ter conhecido o Conrado. Uma honra. E como classificar esse homem em seus sonhos? Agora passo a vez ao maior bailarino de Maringá! Dança, querido, dá uma palinha pra gente! A cicatriz compondo o início da cabeça. Mirava ali sua boca grossa de avelã...

Mas que estranho não ter novidades. Já faz uma semana!

O indicador deslizava no gelo da tela já sabendo em qual instante parar. E era sempre naquela foto: os dois abraçados, em um food truck do coreto central. A família de Conrado de costas – sua mulher e duas filhas: as três pilastras inelutáveis da prisão em que o nosso artista se afundara. Aquilo não era vida para um homem! Bons eram os tempos de dançar juntinhos, de coreografar um a um, no ginásio do Clube Atlético, na pista da boate Milk, no gramado da praça principal. Bons eram os tempos de tomar caipirinhas de morango no bar na frente do teatro, criticando a magreza absurda das bailarinas que fumavam-olhavam, hipnotizadas, para um horizonte escuro, impregnado de pó e solidão. Rei vislumbrava na foto uma vida paralela com seu ídolo: nada sexual, nada pornográfica, nada profana, mas criativa. Isso mesmo: criativa — uma infância renovada, inédita, feliz e, fundamentalmente, sem palavras.

Mas não só isso.

Havia esse algo a mais que embrulhava e desembrulhava em apenas um gesto os órgãos internos de Rei. O passado o afundara num mar de eventos cujo objetivo era... o amor. Sim. O amor. Só desse jeito ele conseguiria traduzir o golpe íntimo engendrado pelo corpo, esse sacana! Quanto afeto nessas inúmeras cenas cinematográficas que passavam feito sombras coloridas pela cabeça de Rei! Olhava para o colchão em que estava e via Conrado dormindo, com medo da represália dos pais. Conrado confidenciando um abuso sofrido na infância.

Conrado chorando em seu ombro no dia do velório da mãe. Conrado lhe dando um banho de mangueira no quintal da casa de praia. Conrado quebrando o braço na viagem às cidades históricas. Conrado tocando sem querer na sua cintura e aquela ereção constrangedora.

Suava frio.

Na cama, aterrissado, via um disco voador no centro do espelho. As rodelas de calabresa formavam a cabine de comando. No celular, um áudio. Número desconhecido: "Reinaldo? Tudo bem? Lembra de mim? Aqui é a Julia. Ai, não sei mais como fazer isso. Estou acabada. O Conrado gostava tanto de você... querido! Quanta dor, meu Deus! Quanta dor! Mandando esta mensagem para informar do falecimento dele. É tudo muito triste. Vocês eram tão unidos. Achei que você deveria saber. Desculpa a hora".

O quê? Isso é sério?

Um turbilhão de aço envolveu seus ombros, deixando as laterais das costas geladas e aflitas. "Julia, me conta o que aconteceu! Quero saber como aconteceu! Não estou acreditando..." Mais um tempo de espera, mais um caldo da hipnose esverdeada, mais flashes confusos da vizinha: nada. Silêncio sepulcral. Julia cagou pra mim. Julia nunca aceitou nossa amizade. Aquela vaca.

E a mensagem de Conrado?

Uma mensagem de voz de Conrado, que Rei deixou para ouvir depois da fatídica apresentação? Ai, querido! A última coisa que você tinha para me dizer está aqui! Bem ao meu alcance! Mas, caramba, estou absolutamente triste, absolutamente revoltado com a existência e com Deus e com seus asseclas angélicos! Grava um stories para o Instagram: "Gente, acabo de saber que o meu melhor amigo morreu. Estou desolado. Não sei o que/"... Mas se dá conta do ridículo. Rede social nenhuma poderia lhe devolver a presença amorosa e doce do maior dançarino de Maringá. Volta a olhar para a foto em frente ao coreto. Sente que perdeu uma espécie de marido. Ah, amado, por quê? Para. Toma fôlego. E aperta o play do antigo áudio:

"Rei, seu merda. Aquela dança é minha e você sabe.

FUI EU QUEM INVENTOU AQUELA PORRA DE COREOGRAFIA!

Me liga urgente, sua bicha escrota. Tenho coisas pra acertar contigo.

Seu bosta."

Um piano desaba em sua cabeça. "Seu bosta." As últimas palavras de Conrado para Rei. "Seu bosta." Um liquidificador enferrujado na mente. Os fonemas vinham um após o outro, e um sintagma atropelava o outro, para mostrar a Rei como "seu bosta" era uma proposição arrogante e impositiva. Não é possível, esta mensagem está errada. Ele ouviu de novo. Só o comecinho, de onde se pode intuir todo o resto. Finalmente, o corpo respondeu sem se importar com a consciência claustrofóbica, fazendo com que ele ficasse prostrado — as mãos agarradas na face, lágrimas escorrendo entre os dedos. Urrava. Quanta dor! É provável que nunca tivesse entendido os seus sentimentos como pôde entender neste instante, ouvindo ainda a palavra "bosta" se interpor entre a expressão corporal e a consciência, que insistia em tornar tudo tão rarefeito e geométrico. Preciso saber do que ele morreu! Liga para Julia. O telefone toca. Sem êxito. Eu não roubei nada. Não sou um bosta. Meu amor. Meu único amor.

Quer dizer...

Desce na padaria em frente ao prédio, ao lado da Praça da República. Mira uma carteira de Derby Light. Escorado no muro, fuma, lentamente, pensando na vez em que Conrado lhe mostrou a dancinha mais querida do Brasil. Foi no bar da xv, numa daquelas palinhas que costumava oferecer. Ah, tão gracioso ele se movimentando: uma combustão espontânea — o ponto entrópico de um mundo a surgir do caos.

O celular ressoa um toque do É o Tchan, indicando mais uma mensagem de áudio do WhatsApp:

"*Sabe de nada inocente...*"

Conrado – Como é fazer sucesso, Rei?

Amado, é você? Eu não acredito. A mão treme. O intestino solta. A boca seca. Grava uma resposta. Apaga. Grava outra. Apaga. Finalmente, manda a seguinte:

Rei – Sabe, Conrado, isto de fazer sucesso... É tão... Lento.

A gastrite cavalga em seu peito: ferina. Grava um novo áudio. Agora como se Conrado estivesse sambando irônico na sua frente.

Rei – Aliás, já que estamos aqui falando em sucesso, que é o teu único assunto, meu amor, a gente poderia dizer um para o outro por que nunca ficamos juntos! Para fazer sucesso JUNTOS!

"*Sabe de nada inocente...*"

Conrado – Quero dormir. Como um anjo em um aquário de nuvens. Estou podre.

Rei torna a chorar desesperado. Me desculpa! Não tive a intenção. Aquela dança era nossa. NOSSA! Espera o corpo amansar e diz:

Rei – Hoje nossa performance foi além, sabia? As pessoas dançavam junto comigo o tempo inteiro. Foi um sucesso! Um sucesso, querido!

Respira fundo. O início da gota, novamente, castiga o vão de sua mão esquerda.

Rei – Estou perdendo o movimento das pernas. Todo o meu suingue. As juntas. Elas estão entupidas de ácido. Você sabe: essa coisa que derrete. Dói. E a lama que escorre do teto ao solo do nosso corpo é sangue. Lento. Gorduroso. Como a oleosidade da face. E agora você mergulha em meu intestino e me procura e me diz "acabou — estamos vivos". Mais um dia nessa câmera lenta sem fim que é a nossa expressão. O nosso sucesso lento e amargo.

"Sabe de nada inocente..."

Conrado – Estou morto e com um mar entalado na garganta, Rei!

Convulsivo, tenta apagar as mensagens, mas elas retornam, soando inadvertidamente o timbre cadavérico de Conrado. Desiste. Senta no sofá, tira a roupa e ensaia a coreografia do morto. A vizinha lhe dá um tchauzinho. Tenta ser simpática, afinal os dois estão frente a frente: a fã e o artista. Suas amigas foram embora, só restou a própria sorvendo um cigarro inesgotável. Sorri para Rei como quem empresta um casaco a um desabrigado. Dança junto com ele de seu apartamento. Para. Percebe a tristeza sem coreografia da derrota e sai de seu campo de visão.

Vizinha de Rei em off – O que tá rolando? Esqueceu que você entra em dois minutos?

Rei e Conrado voltam vestidos de palhaço. Eles possuem presas. Uma réstia de sangue escorre da boca dos dois.

Conrado – A gente sempre entra em dois minutos. Eu só preciso me encontrar. Parar de morrer um pouco.

Rei respira lentamente.

Rei – Você vai se encontrar: dançando.

Larga o smartfone no chão. Vai para o quarto. Come a fatia de pizza escorada no canto próximo ao espelho. Conrado o segue.

Conrado – Sozinhos somos como dois fones de ouvido... esquecidos, estragados.

Rei (*Com a boca cheia*) – Há muita coisa aqui dentro para se escutar.

Blecaute.

A luzes se acendem.

A sala está vazia. Toca a vinheta de um programa de televisão.

Voz em off de um locutor – COM VOCÊS, TODAS AS MANHÃS: JULIA!

Voz da vizinha de Rei em off – Julia diz "bom-dia". O tradicional "bom-dia" da Julia. Sorriso no rosto. Ela introduz os participantes. Fala sobre histórias de vida. Histórias reais. Rei entra em cena. Ele representa uma criança homossexual. Julia incentiva aplausos. Conrado, uma criança cis. Há uma aparente normalidade entre os dois. A convivência é de todos. A convivência é comum. Comum como se fosse de todos. Julia incentiva aplausos. Close em Conrado que se interessa por Rei. Não, não, não, Conrado não será homossexual. No máximo, um heterossexual que não se identifica com o seu corpo. Ou melhor, os dois se identificam com o corpo um do outro. Algo a ver com a transitoriedade da vida. Com o furto de uma coreografia pegajosa. Julia incentiva aplausos. Isso, a vida comum não deve se relacionar com uma troca fácil e banal de identidade, mas com a profunda complexidade humana e suas contradições. Estamos na TV, uma música é feita para tocar neste instante. Gritos. E líquidos que se espalham pelo cenário, denotando a fluidez entre Conrado, Rei — e por que não, Conrados e Reis, que também invadem o palco por um alçapão escondido a uns cinco passos do proscênio. Julia incentiva aplausos. A paixão provocará a busca de Rei por seu passado, seja lá o que ele, o passado, signifique. Julia incentiva aplausos (sem sucesso). É preciso encontrar esta normalidade hetero também na expressão homo. Algo como uma unidade básica subjetiva. O centro comum do nosso umbigo. Julia anuncia a próxima atração.

Ao fundo, ouvimos uma vaia da plateia.

A vaia é amplificada.

Torna-se ensurdecedora.

Os dois estão minúsculos.

É *preciso um microscópio para enxergá-los.*

Conrado – O seu amado sucesso... de repente, sumiu.

Silêncio.

Rei – Não sei se vou aguentar muitos dias assim. É uma prisão insuportável não fazer sucesso. O que será de nós?

Pela décima vez, Rei escuta a primeira mensagem de Conrado. Vai para o banheiro e vomita a fatia de pizza que comeu minutos antes. Volta.

Rei – Isso é tudo culpa sua e desta vizinha de merda.

Vizinha de merda em off – Ge-ni-al! Seguiremos por esta linha!

Conrado – Isso! Issoooo! Que tal um espetáculo em que nós simplesmente voltamos para lugar nenhum e descobrimos nosso verdadeiro self: que somos vampiros e gays!

Rei (*Passando a língua nas presas*) – Nós não somos vampiros.

Conrado – Então, mostraremos a nossa trajetória. A dificuldade que é ser um vampiro gay em lugar nenhum, lutando contra a indiferença de um povo que não tolera mais a grande arte e o brilho do nosso sucesso: dois artistas de renome que agora amargam o mais puro e completo anonimato.

Rei – ISSO NÃO FAZ O MENOR SENTIDO!

Conrado – Buahhhhhhhh!

Julia – O que foi, filho?

Conrado – Ele não quer fazer a apresentação com a gente. Ninguém de lugar algum ficará sabendo da nossa existência!

Julia – Calma, filhote. Ele vai voltar atrás! Você vai ver.

Rei – Vou continuar aqui! Insistindo em permanecer quieto. Por mais dois minutos.

Conrado – Não fale esta frase!

Rei – Que frase?

Vizinha de Rei em off – Dois minutos.

Rei – Dois minutos?

Conrado – Odeio os dois minutos.

Silêncio.

Rei – Você não pode mudar isso. Você não pode mudar os meus dois minutos.

Pausa.

Fora que nós nunca nos importamos um com o outro.

Conrado – Do que você está falando?

Rei – Você casou e foi viver a sua vida. Você cagou pra mim.

Conrado – ISSO não faz o menor sentido.

Vizinha de Rei em off – Dois minutos.

Silêncio.

Rei – E se você me desse um beijo?

Conrado – Você não deveria falar assim.

Rei – Hahahahaha! Entendi: "nós" falamos de outra forma. É isso?

Conrado – Começou a palestra.

Rei – Por que não podemos nos apaixonar sem ter que dar satisfação para esta merda de espetáculo?!

Conrado – PORQUE ESTOU MORTO, PORRA!

Silêncio.

Rei – Qual é o meu problema? Pele? Cheiro? Hálito ruim?

Conrado – Mas vai me infernizar até na minha morte...

Rei – Eu só quero saber por que diabos você não/

Conrado – TALVEZ A SUA APARÊNCIA NÃO ME AGRADE!

Silêncio.

Não há nada de mal nisso. Sua aparência não me agradar.

Rei – SEU MORTO DE MERDA!

Conrado – Depois, sua graça se tornou uma repetição vazia. Como se magicamente o algodão-doce da máquina houvesse desaparecido. Ficou apenas a engrenagem rodando o dia todo.

Silêncio.

Rei – Não fala assim comigo.

Silêncio.

Vizinha de Rei em off – Há todo o amor aqui.

Conrado – Não quero te prejudicar. Apenas dizer a verdade.

Silêncio.

Mais silêncio.

Rei (*Emocionado*) – Sinto que deveríamos esvaziar a nossa cabeça antes de voltar a dar o salto mortal.

Silêncio. Aos poucos, Conrado se apruma.

Conrado (*Agora, animadíssimo*) – Ah! Será que as pessoas ainda o reconhecem?

Rei (*Enxuga as lágrimas*) – Costumávamos conseguir. Juntos. E a plateia costumava a-mar!

Conrado – Nosso salto. Nós dois juntos. Morrendo sempre. Como se apresentássemos uma infinidade de membros picotados para o público.

Rei – ISSO! UM CIRCO NO QUAL OS ANIMAIS SÃO GAYS E MALABARISTAS!

Conrado – MAS NÓS NÃO SOMOS GAYS! EU NÃO SOU GAY, PORRA!

Silêncio. Rei fica em pé em cima da sacada. Se equilibra. Olha para baixo.

Vizinha de Rei em off – Então, Rei dá um salto mortal. Suas pernas se descolam e adquirem vida própria. Elas produzem um novo corpo, que também salta mortalmente. Os braços deste organismo se descolam. E, enquanto aplaudem a sua própria queda, esperam um novo corpo ser produzido. Este corpo é de Conrado. Que também salta, atravessando a plateia. E divide a plateia em centenas de novos corpos que aplaudem efusivamente. E à medida que os aplausos efusivos crescem, Conrados e Reis, que estavam escondidos num alçapão perto do proscênio, também dão seus saltos, também descolam suas pernas e braços, e criam novos corpos que dão novos saltos para uma nova plateia cheia de aplausos, pernas, mãos, dedos, saltos e quedas. Milhões de quedas. Infinitas quedas ao ar livre.

Rei e Conrado cantam uma canção.

Rei – "Ah, nosso corpo é uma borracha..."

Conrado – "Ah, nosso corpo encaixa, nosso corpo encaixa..."

Rei – "Nosso corpo se esborracha..."

Conrado (*Olhando para Rei*) – "E encontra abrigo em ti. Em ti."

Rei (*Olhando para Conrado*) – "E encontra abrigo em ti. Em ti."

Conrado – "Ah, nosso corpo espera lento..."

Rei – "Ah, nosso corpo é o desalento."

Conrado – "Nosso corpo salta, nosso corpo salta..."

Rei – "E encontra toda a falta."

Rei e Conrado – "Ah! Nosso corpo mata! Nosso corpo mata! E ri! Ri! Ri!"

Começa a nevar. Os dois colocam blusas e casacos para espantar o frio.

Depois pegam bengalas e andam lentamente em círculos como duas pessoas idosas.

Rei – Eu me lembro da vez em que me apaixonei por você. Tão jovem. Seu hálito soava a água mineral.

Conrado – Nesta época apenas sonhávamos com o nosso sucesso. Com o público. Com os aplausos. (*Pausa*) Como é fazer sucesso, Rei?

Rei – Péssimo. O sucesso me envelheceu.

Julia – Nossa família nunca fez sucesso, sabia? VOCÊ SABIA, REI?

Silêncio.

Rei – Escutou alguma coisa?

Silêncio.

Alguém disse que somos fracassados.

Pausa.

Nós somos?

Conrado – É possível.

Pausa.

Dois palhaços desenhados num quadro de uma clínica psiquiátrica.

Pausa.

Rei – Não. Não. Nós temos nossas histórias para contar. Nossa trajetória. Fizemos muitas coisas juntos.

Conrado – Como por exemplo?

Pausa.

Rei – Sei lá.

Pausa.

Você não lembra?

Conrado – Não.

Silêncio.

Conrado – Sempre gostei do seu bom humor. Disso eu lembro.

Rei – É duro ser um palhaço num corpo de um homem.

Conrado – Me apaixonei pelo palhaço e não pelo homem.

Vizinha de Rei em off – Vocês agora se abraçam

Rei – Não sei se poderei aguentar mais um espetáculo. Minhas pernas estão quebradiças, como a textura de uma casca de ovo. Sinto que posso quebrar a qualquer momento. Perdi completamente a graça.

Vizinha de Rei em off – Rei e Conrado se beijam. Como se colocassem um ao outro para dormir.

Rei – Ah, daqui dá para ver as estrelas. E uma constelação em que está escrito nossos nomes. (*Dá um beijo na testa de Conrado. Este o repele*) É tão lindo. Que noite linda.

Conrado – Estamos num teatro, Reinaldo; não há estrela alguma.

Rei – Eu sei.

Silêncio.

Conrado – Eles colaram no teto aqueles adesivos que brilham no escuro, como os que existem no quarto das crianças.

Silêncio.

Rei – Eu não me importo. (*Silêncio*) Tão lindo o que ele escreveu.

Conrado – Quem escreveu?

Rei – Ele. (*Aponta para mim*) Você sabe.

Conrado – E o que ele escreveu?

Rei – Que deveríamos dormir.

Pausa.

Conrado – Sim. Estou com um pouco de sono.

Vizinha de Rei em off – Rei e Conrado dormem.

Silêncio.

Rei – Antes, posso colar as estrelas?

Vizinha de Rei em off – Rei cola as estrelas no teto. Depois volta a se deitar com Conrado. Dormem juntos. Sonham juntos. E criam a própria cena.

As luzes se acendem. Os dois falam para o leitor.

Rei – Juntos.

Conrado – Acordamos aqui. E criamos uma cena qualquer.

Rei – Uma cena que dure o tempo que for necessário.

Conrado – Uma cena que dure... o quê?

Rei – Dois minutos?

Conrado – Nela, os atores se lembram que um dia se apaixonaram.

Rei – E contam os principais momentos de suas trajetórias.

Conrado – Sim, a trajetória dos dois foi extraordinária!

Silêncio.

Rei – Na verdade, foi bem comum.

Silêncio.

Rei – A trajetória dos dois.

Conrado – Tudo bem, a trajetória dos dois foi extraordinária e comum. Ao mesmo tempo.

Rei – Ao mesmo tempo, os dois são extraordinários, comuns e um pouco tristes.

Conrado – Finalmente, eles podem admitir que estão derrotados.

Rei – Um deles sente dores incontroláveis no peito, o que atrapalha consideravelmente o seu humor.

Conrado – Um deles descobre alguma coisa estranha em seu corpo.

Julia – Sim, no estômago. Infelizmente.

Silêncio. Rei se emociona.

Rei (*Limpando as lágrimas*) – O outro acha muito dramático a existência dessa coisa estranha e prefere que ele tenha apenas uma gripe.

Conrado – Isso! Um deles, então, descobre que está gripado.

Rei – Eu cuido dele. Todos os dias.

Conrado – Ele cuida de mim. Todos os dias.

Silêncio.

Rei – Nesta cena, não há uma voz interior dizendo o que devemos ou não fazer.

Vizinha de Rei em off – Sim, nesta cena, não há uma voz dizendo o que eles devem ou não fazer.

Concordo, nesta cena não há uma voz dizendo isso.

A cena acaba assim.

Rei termina de dançar.

Escuta a campainha algumas vezes.

Quem a esta hora?

Abre.

É a vizinha lhe pedindo um autógrafo.

JUNIOR

Tinha três testes para hoje; conseguiu chegar somente neste. Segundo seu relógio adiantado, havia excedido o tempo em uma hora. Sim, Junior adiantava o relógio para se "atrasar": sua ansiedade era arquitetada. E o gosto pela pressão de quem está no começo da carreira tornava-se sempre e novamente, pela última e pela primeira vez, um fato atemporal. Junior adiantava o relógio para não perder nenhum segundo desse sentimentalismo honesto dos amadores. Como se uma aflição elétrica, novamente, pela última e pela primeira vez, apontasse o horizonte final de um sucesso sem limites (que se não era, definitivamente, alcançado, era, ao menos, experimentado de longe, com o atraso mecânico). Hoje, mais um dia do início de tudo, ele seguiu o valioso conselho de sua mãe, comendo, em seu café da tarde, uma omelete de cinco ovos misturados a um pedaço de queijo parmesão e um punhado de brócolis frescos. Para chegar com toda a energia, filhote: mostra pra eles. Na porta do estúdio, duas cartas, o Rei e a Rainha, fumam. Vocês também vieram para/ Sim. Quer? Não fumo. Olha, ele se cuida, diz ela. Tá foda a demora, não? Dá vontade de desistir. Querido, você não viu nada. O batom vermelho concentrava a cor no centro dos lábios; soltava a fumaça como se pedisse silêncio. Um absurdo o que eles fazem com a gente. Minha filha tá lá, chorando na creche, desde as sete da manhã. Você é daqui? Diz o Rei. Não, sou de Curitiba. Ihhh, vai ser limado na hora, diz ela soltando a fumaça. Prazer, sou Conrado e essa é/ Um ônibus amarelo carrega a Rainha de Espadas nos fundos. A luva branca acena para os remanescentes. Preciso deste papel, senão, adeus São Paulo. Conheço essa sensação. Ou tudo ou nada.

Isso. Ou tudo ou nada.

Mas vai tranquilo. Nunca é "ou tudo ou nada".

"MAXIMILIANO ALBUQUERQUE JUNIOR!"

Um fone de ouvido grita lá detrás.

Vem até ele.

Pé ante pé. Pé ante pé.

Junior? Tudo bem? Eu sou a Cris. Vou acompanhar você até o local da gravação. Nervoso? Um pouco. Ele peida. Silenciosamente. Olha, primeiro você vai fazer a maquiagem e isso demora. Qual vai ser a sua carta? O Mago. Ah, beleza, o Mago é mais figurino; ela só vai passar uma base. Quarenta minutos depois, surge a maquiadora. Mais uma hora e meia, grita a assistente. Junior entra. Pingos formam caminhos em sua pele, em sua testa, como uma estrutura prestes a ruir.

Cristiane, esta maquiagem está irregular.

Olha o rosto do coitado como ficou.

Vai ter que refazer.

Não tô nem aí. Meu trabalho é meu trabalho, PORRA, VOCÊS ACHAM QUE ESTÃO LIDANDO COM UMA AMADORA AQUI, CARALHO, EU EXIJO RESPEITO, PORRA, SÃO MAIS DE DEZ ANOS DE CARREIRA, NUNCA VI UMA COISA DESSAS, UMA FALTA DE RESPEITO ABSOLUTA, PORRA, ARRUMA ESTA MERDA DE MAQUIAGEM, TÃO ME ACHANDO COM CARA DE PALHAÇA? SEUS MERDAS! ARRUMEM JÁ ESTA BAGUNÇA!

O processo todo agora durou menos de quinze minutos. Junior foi tremendo para o set. Peidou. Silencioso. Desta vez, alguém sentiu. E ESTE CHEIRO DE OVO PODRE, PORRA?! ALÉM DE TRABALHAR COM UM BANDO DE AMADORES AINDA TENHO QUE SENTIR ESTA CARALHA DE CHEIRO PODRE. DE QUEM É ESTA PORRA DE CHEIRO? QUERO SABER QUEM TÁ FEDENDO AQUI? Cris segura forte a sua mão e o posiciona na base estreita de madeira. Dois vultos realinham os refletores na cara do ator. Ele suspira, tentando, ao mesmo tempo, prender os gases no abdômen.

Como é seu nome, filhote?

Junior. Max Junior.

Tipo Bond. James Bond, hahahahahah!

Cris começa a rir em uníssono. Olha para o Mago, diz com as sobrancelhas para ele fazer o mesmo. Hahahahahahah. HAHAHAHAHAH! HAAHAHAHAH! HAHAHAHAH! Muito engraçado mesmo.

Não pedi sua opinião.

Desculpe.

Qual vai ser?

Qual vai ser o quê?

O seu papel.

Ah, faço a carta do Mago.

Não perguntei que carta, perguntei qual o papel.

Não entendi.

Ele não entendeu... Cris, o garoto aqui não entendeu! Hahahahahaha.

Ela novamente dá o sinal.

Hahahahahah.

Chega de conversinha — como é mesmo o nome dele? Junior, senhora. Gostei de você, Juninho. Gostei mesmo. Ele não é uma graça? Sim, é uma graça, Cris responde (rindo, por óbvio).

Meu nome é Lila. Fica tranquilo que eu não mordo.

Junior se levanta. Desta vez o peido foi sonoro.

FOI VOCÊ? HAHAHAHAHAHAHAHAH-AHAHAHAH!

HAHAHAHAHAHAHAHAHAHAHAH!

DUVIDO QUE VOCÊ CONSIGA FAZER DE NOVO! HAHAHAHAHAHAHAHAHAH-AHAHAHAHAHAHAHAHAHAHAHAHAHA!

Lila está caída no chão. Sua risada transformou-se numa câimbra incontrolável. Crônica. Fora do brilho ofuscante dos equipamentos, Junior conseguia ver o rosto exageradamente hidratado da diretora: a pele mostrava-se encurralada por uma embalagem estreita de papel filme; os lábios formavam um bico plastificado. Gente, parece de porcelana! Parou um tempo na maquiagem definitiva.

Tá olhando o quê?

Desculpa.

Não gosto que fiquem me encarando. Olha pra câmera, tá bom?

Vamos começar. Equipe, atenção.

Lila entra nos holofotes. A uma polegada de distância do ator, pega a sua mão e, como se triturasse mil conchinhas de um atol colorido, sussurra:

Sem peidar, ok.

Ok.

Cris fala alguma coisa em seu ouvido. Dois técnicos afinam os refletores. Pessoal, é agora. ACTION!

Junior – Logo quando abri o portão principal, pensava que eu mexeria com o infinito. Com o caos bruto das coincidências. Com a soma... Com a soma... Desculpe, gente. Eu esqueci.

Lila – Não quero saber. Cris, leva uma água pro peidorreiro.

Junior solta um último. Tonitruante. Quase parecia falar em meio ao gemido. Lila mantém-se vultuosa, sepulcral em sua monumentalidade. A assistente entra e sai, entra e sai: uma barata em um labirinto de chinelos e rodapés.

Lila – Quantos anos você tem, filhote?

Junior – Trinta.

Lila – Eu tenho dez a mais do que você. Sabe o que eu acho?

Junior – Sim?

Lila – Não olha pra minha cara, porra.

Junior – Desculpe.

Lila – Eu acho que estou perdendo o meu tempo aqui. Um tempo de vida. Eu deveria estar fazendo sabe o quê? JÁ DISSE PARA NÃO OLHAR PRA MINHA CARA!

Silêncio.

Sabe o que eu deveria estar fazendo? Dirigindo filmes de verdade. Filmes de terror. Os grandes clássicos: *A hora do pesadelo, Carrie, a estranha, O iluminado, Sexta-feira 13.* Mas o que eu estou fazendo neste exato momento?

Silêncio.

Junior – Dirigindo um episódio do Telecurso Segundo Grau?

Lila – Exatamente. E não é só isso: um episódio do Telecurso Segundo Grau que utiliza cartas de tarô, com atores vestindo cartas de tarô. É isso mesmo, Cris?

Cris – Sim, senhora.

Lila – Sabe o que eu vejo nessas cartas, filhote? Sabe?

Junior olha para baixo, resiliente.

Junior – Não, senhora.

Lila – Eu vejo que ficarei o resto dos meus dias passando por situações de merda como esta. Com atores meia-boca, peidorreiros como você. Sentindo o aroma podre da derrota, Juninho. O aroma de ovo podre da derrota. Então, eu peço, encarecidamente, que você acerte a caralha do texto. Eu não estou brincando. Você me entendeu?

Junior – Sim, senhora.

Junior desfila todas as palavras em um modo trêmulo, como uma espécie de filhote em cativeiro superando o medo do escuro. Sozinho e descalço, atravessava as brasas da atuação com um orgulho que nunca havia sentido. Que lindo vencer, ele pensava: fui para o outro lado da história. Aos trancos, seu corpo o deixava sorrir; a maquiagem rachava de alegria, e a barriga, enfim, aquietava-se.

Lila – Obrigada.

Silêncio.

Junior – Eu passei?

Lila – Pode ir, garoto.

Junior – Eu perguntei se passei.

O espectro da diretora some no brilho denso daquelas lâmpadas. Cris joga uma toalha pra ele.

Junior – Onde ela foi?

Cris – Tá no cafezinho. Corre que você alcança a figura.

Lila veste um moletom com a máscara de Jason cobrindo a parte da frente. Parecia menor. Delicada até. Enfim, uma adolescente, se não fosse o rosto esticado e o preenchimento.

Junior – Lila? Desculpe, mas eu queria saber como eu fui. Se eu passei…

Lila – Você não passou.

Junior – Ah, ok. Desculpe.

Silêncio. Junior ameaça ir embora.

Lila – Você não quer saber por que você não passou?

Junior – Sim, quero.

Quase podemos sentir o hálito da resposta.

Lila – Por que você não é um ator. Falta vivência. Humanidade. (*Pausa. Lila agora sussurra em seu ouvido*) Procura estudar mais, garoto! Olha, cada papel na tua vida é importante. Não despreze nenhum deles.

Ela volta para a comida como se Junior tivesse escorrido dali.

Silêncio.

Junior – Mais alguma coisa?

A pergunta se evapora junto à fumaça de uma xícara de café. Lila já está muito distante, perto da maquiagem, abraçando um homem que se parece com a carta do Imperador.

Lila – Lorenzo!

Do lado de fora, Junior espera o ônibus escorado na mureta pichada de preto:

"Eu ♥ SP".

Ainda maquiado, olha as fotos de sua timeline. As primeiras aulas de teatro piscavam uma alegria irreconhecível em seu perfil. Quem era aquela pessoa insuportavelmente feliz? Quem? Sua mãe insistia em uma ligação, ou melhor, em uma chamada de vídeo. Será que esperava ver na sua cara borrada a misteriosa cara do sucesso?

Desliga o celular.

O ônibus chega daquele jeito: vazando pele e suor pelas janelas. Junior encaixa-se na massa de carne humana. Agora, uma criança mimada perdida num shopping. As lágrimas encolhem-se junto ao amontoado de corpos. De longe, vemos a base do seu rosto se desfazer; mas ninguém, ali, reclamaria disso.

JÉSSICA

Alô. Sim. Ok. Yes, I'm Jéssica. Yes. Oh, no. Oh, my God! Really?! Yes! Yes! Aham. Good. Ok. Pode repetir? Desculpe, can you repeat, please? Louise at sign royal ballet dot com. Oh, I'm so happy with this. Thank you so much! Um metal rasga o céu. Os pelos do braço se eriçam. Na altura dos olhos, o suco de mamão com laranja some aos trancos de um copo de cristal. Uma voz ressoa da sacada: CONSEGUI, PORRA! Ela desce pelas ruas tortuosas do bairro Paraíso. Árvores fazem reverência para a bailarina passar. Os ipês lacrimejam. Pega um ônibus para Perdizes. Escorre pelo bairro do Bixiga. O gosto de pastel se espalha suculento, tortuoso. O vinagrete explode sabores noturnos em sua boca. Invade a janela a noite mal dormida, passa pelos ouvidos, aquece a sonoridade da madrugada que está sempre por vir. As bandeirinhas da rua Clélia, os feirantes gritando promoções, os atores do teatro Sérgio Cardoso rindo escandalosos entre as luzes dos faróis. Um casal se confunde com o muro, ejaculam brasas invisíveis por dentro do boné e de um moletom amarrado na cintura. Plumas se evolam entre os trabalhadores. Garrafas derramam cerveja em copos de plástico. Na prainha paulista, os ternos conversam e vendem o planeta Terra inteiro. Estamos longe... em direção ao Butantã? Durmo e estou dançando em Londres. Sozinha. Como sempre fui. Acordo na Benedito Calixto. Um clarinetista de chapéu pisca um olho. E depois o outro. E toca chorinhos. Músicas antigas entre couros, charutos, fumaças. As mulheres se alimentam e alimentam seus filhos. Uma fileira de mães amamentando. Suas crias são bonecas perfeitas e brilhantes. Os olhos: duas bolas de gude polidas. Seriam brinquedos de Deus? Ah, eu consegui! Eu consegui! Moça?

Um sorumbático "o quê" ressoa sem contorno.

Tem gente?

Não.

Que amadora: deveria ter sentado no corredor. Agora um estranho vai lhe encurralar na janela até a hora de descer. Hoje ela merece não ser tocada. Pelo menos hoje.

Calor, né. Silêncio. Você é bailarina? Moço, não tô pra conversa. Silêncio. O ônibus faz uma curva, de modo que a coxa direita do rapaz transmite as ondas eletromagnéticas para a coxa esquerda de Jéssica. Sua bochecha esquerda lhe devolve um espasmo. Ao fundo, uma senhora espirra. E depois tosse de maneira seca. A ventarola do teto começa a bater. Insistentemente. A cada tranco, Jéssica sentia nas nádegas a precariedade do veículo público. Na verdade, tudo parecia mais precário com a presença do jovem fantasiado de alguma coisa. Sua saliva tencionava encostar em suas córneas. Seu hálito roçava intimamente em sua língua. Quem o vê de longe não o distinguiria de um animal indefeso, mas Jéssica enxerga um andarilho da noite em busca de ração. Aquelas roupas.... Teria saído de um circo itinerante? Estaria fantasiado do quê, meu Deus?

Perguntei por causa do coque. Silêncio. E das sapatilhas também. Esta daqui só pode ser sua. Entrega a sapatilha para Jéssica. Acho que você deixou cair enquanto dormia. Obrigada. Estende a mão. Prazer, me chamo Junior. Jéssica. Se cumprimentam.

Junior – Minha irmã foi bailarina. (*Silêncio*) Sua sapatilha me lembrou a minha irmã. (*Silêncio*) As bailarinas não são muito de conversa, né. Quer dizer, elas conversam bastante entre elas, mas com a gente, os reles mortais, elas não estão nem aí. (*Silêncio*) Desculpe. É que hoje foi foda. Fiz um teste que deu tudo errado. (*Silêncio. Mais silêncio*) Você não está nem aí, né. (*Silêncio*) O que a gente mais quer é que o mundo nos olhe com cuidado, mas o que acontece é o mundo criando pernas para pisar na nossa cara. Para espremer a nossa cara, até as lágrimas saírem lentas. (*Silêncio*) Desculpe. É que hoje foi foda.

Jéssica – Estou com uma dor de cabeça...

(*Silêncio*)

Junior (*Começa a rir de si para si mesmo*) – Heheheh, e olha só com o que acabei me metendo: tarô!

Silêncio suficiente para uma ideia; para o início da chuva; para o fim da tempestade.

Jéssica – Tarô? (*Pausa*) Moço, me desculpe, mas você sabe ler tarô?

O ônibus se transforma num avião jumbo. Os dois estão na primeira classe. Duas taças de champanhe são servidas.

Junior (*Responde quase sem querer, quase em forma de pergunta*) – Sei?

Jéssica – E você está com o baralho aí?

Ela sorri como se, de uma hora para outra, a bacia de um rio voltasse a encher.

Eu entrego um baralho pra ele.

Eu – Toma.

Junior – Obrigado.

Jéssica – Você pode tirar as cartas pra mim?

Yo Yo Ma, posicionado no começo da cabine, toca a Suíte n.º 1 *de Bach em sol maior.*

Junior – Claro.

Jéssica – Ai, que ótimo!

Junior – Qual é a sua pergunta?

Silêncio duvidoso.

Jéssica – Eu quero saber se eu vou ser feliz em Londres. Se terei sucesso por lá.

Junior – Vamos ver.

Três de Espadas

A Torre

O Diabo

Tá. Aqui diz que você em breve vai terminar um relacionamento.

Jéssica – Sim, infelizmente. Mas e Londres?

Silêncio oracular.

Junior – Você será terrivelmente infeliz. Vai descobrir que é somente mais uma entre tantas. Vai ser coadjuvante pelo resto dos seus dias. A companhia sempre irá preferir as bailarinas nativas. Você se sentirá uma estrangeira para todo o sempre. É capaz de adquirir alguma doença, alguma inflamação crônica nas articulações. Por que você sempre vai achar que não é suficiente. Vai se tornar uma pessoa solitária e amarga, que tentará, a todo custo, esconder seus vícios e hábitos insalubres (como a cocaína, o fumo e o álcool, ingeridos sempre às escondidas, no intervalo, nas idas ao banheiro, na pausa para o café, enfim). E depois começará a se cortar. Até que as marcas fiquem cada vez mais visíveis para os seus colegas e para os diretores da companhia. Até o dia em que será mandada embora, velha e cheia de culpas por não ter ficado aqui, conosco, no Brasil, junto aos fracassados.

Jéssica – Meu Deus!

Eu – As cartas não mentem.

Junior – Eu mesmo. Eu deveria ter ficado na minha cidade. Nunca deveria ter saído de lá.

Silêncio filosófico.

Jéssica – Não fale isso. Pelo menos você tentou. Vale a pena tentar.

Silêncio coaching.

Junior – Se você tentar, já viu o que vai te acontecer.

Silêncio silencioso.

Jéssica – Eu não ligo. Não ligo para o que as cartas me disseram.

Então eu coloco a carta da Morte na mão de Jéssica.

Junior – E essa aí? Ela também não significa nada?

Jéssica – Todos iremos morrer um dia. A morte não me assusta.

Silêncio estoico.

Junior – A minha irmã morreu. Assassinada por um *serial killer.*

Silêncio compassivo.

Jéssica – Meu Deus! Me desculpe. Sou tão fria assim?! Meu Deus, você está chorando. Calma. Vai ficar tudo bem.

Junior – Nada vai ficar bem, porque estamos destinados a fracassar. Somos os figurantes que fracassam. Não somos as estrelas. Não somos a comissão de frente. Somos a massa destinada a fracassar e ser assassinada.

Chora alto.

Silêncio lacrimoso.

Jéssica – Tudo bem. Calma. Olha, nem tudo precisa ser sobre estrelas, sobre fracasso, sobre essas coisas. Podemos viver uma vida comum sem ter que pensar nessas bobagens. Isso é só uma forma de pensar. Existem outras. Não toca mais nisso, não.

Junior – Eu não consigo.

Silêncio novelesco.

Jéssica – Não imagino você pensando essas besteiras. Olha aqui pra mim.

Jéssica sorri como uma espécie de irmã. Depois, ela aproxima os lábios dos lábios de Junior.

Jéssica (*Sussurrando*) – Eu vou sozinha para Londres. E eu estou cagando para a felicidade.

Ela beija lentamente os lábios do Mago.

O Mago beija lentamente os lábios de Lila.

Lila beija lentamente os lábios de Jonas.

Jonas beija lentamente os lábios de Jéssica.

Jéssica beija lentamente os meus lábios.

Mil cartas da Morte caem em câmera lenta sobre os dois.

O ônibus para. Junior toma fôlego.

Jéssica (*Sussurrando*) – Cague para a felicidade e você vai ter o Mundo nas mãos.

Eu entrego a carta do Mundo para ele.

Junior – Obrigado. Por me beijar.

Jéssica – Eu não te beijei.

Já na porta, acena com a mão direita.

Ela parte dançando para Londres.

Mas antes...

Jéssica toca a campainha do apartamento de Jonas. Ele desce. Invisível. Conseguimos enxergar somente as lágrimas escuras como se tivesse espalhado rímel ao redor das pálpebras. Ela continua a coreografia, sem olhar para a sombra que ficou ali camuflada, chafurdando em uma poça de tristeza.

Pega um outro ônibus. Vazio. Segue em direção a Pinheiros. Anoitece lá fora e os últimos raios de sol atravessam as janelas do veículo. Desce em uma padaria Estrela de alguma coisa. Pede uma coxinha. Come. Pede uma empanada. Come. Diz para a garçonete uniformizada, "Eu consegui!". "Conseguiu o quê, minha filha?" Sorri daquele jeito ensurdecedor. A noite se estabelece soltando um hálito de fuligem. Ela vai para a parte de fora com um litrão e um copo americano. Começa a beber no meio-fio. Diz para cada um que passa: "Consegui!" Parecia uma criança cheia de tinta no rosto. E quem vem lá do outro lado? Carol? Cami? Kaká? Vavá? Vivi? Lulu? Vani? Ou Pri? Qual o apelido da bailarina que se tornará mais uma entre tantas? Não importa. Porque é possível que Jéssica nunca tivesse se importado em ser mais uma entre tantas. A desconhecida aceita beber em homenagem à colega. Vão juntas ao Capelinha, uma balada de samba antigo ali da região. Elas estão do mesmo jeito. Lá dentro, outras tantas também se parecem entre si. Estão de coque. De rosa. De sapatilhas. E dançam. Dançam em Londres, em Paris, em Berlim. Bebem, vomitam, morrem e renascem. Esplêndidas. Cantando em uníssono a música tocada no bar e dizendo todos os sins deste mundo para o presente: este oráculo invisível e sem futuro.

CÍNTIA

Dedos trêmulos dançam até um isqueiro amarelo. Na mesa de plástico, um camarão abraçadinho escapa de uma tigela inox, e um pouco de cerveja respinga em mim. Manchinhas cor de café: aqui e ali. A pele se estica revelando um complexo de veias a desenhar o pedaço de um mapa. Fogo. Brasa. A cor laranja e o vermelho de um olho esfumaçado. A boca pede silêncio sem querer. A outra mão toca o rosto de uma senhorinha. Mamãe, vá ao banheiro se está com vontade! Não fique segurando! Enche o copo das duas. De mesa em mesa, rumo à parte de fora, temos o horizonte de um paredão verde musgo, fruto de uma antiga casa estilo colônia. "Capelinha" era essa espécie de calabouço, temática "alto-mar", frequentado por um contingente de pessoas que não se importavam em beber em copos manchados de batom. Pela lateral, a camisa cáqui aberta, o dedo indicador em riste, óculos escuros comprados em um camelô do Centro e a voz cavernosa: a poesia, senhores, vem daqui — do fundo da allllllma! Dá um tempo, Noronha! Cíntia aciona o isqueiro. Ah, que rebelde ela é! O poeta tem que ter voz! Deixemos a poesia falar! No intervalo, Noronha! No intervalo! Alguns aplaudem. Noronha vai ao banheiro abastecido de seu pozinho mágico, comprado há dois minutos de um boné do Chicago Bulls. Volta entusiasmadíssimo! Nelsinho, toca "e por falar em saudades, onde anda você, onde anda a Cíntia que a gente não vê...". Na entrada, dois jovens de classe média sobrevoam o local, como aparições sem tempo, indo direto à mesa das meninas. Dona Juju, um prazer sempre, diz Leandro, beijando a mão da matriarca. Na verdade, sua beleza ilumina essa nossa noite cinzenta, e não posso me furtar a declarar publicamente: sua exuberância é a fonte maternal da beleza irretocável de Cíntia, a musa das musas. E esse aí, quem é? Acende outro cigarro. Esse é meu amigo Pedro. O garoto acena, de cabeça baixa. Depois levanta o olhar — uma pequena pérola emergindo de um riacho mouco, paralisado: Oi. Não liguem, pessoal, ele é tímido. Mas logo vocês vão ver quando der uma canja — um gênio!

Próximo à cozinha, Carlão surge em desabalada carreira, dando ordens e espantando moscas. Tragam a melhor porção de camarão para o nosso amigo Leandro! Não quero que falte nada nesta mesa! Rápido! Rápido! Os funcionários se apressam a fazer o serviço, sempre perguntando: Tudo certo, senhor Leandro? Mais alguma coisa, senhor Leandro? A comida está gostosa, senhor

Leandro? E a cerveja, no ponto? Dona Juju, humildemente, ofereço à senhora essa dose da mais renomada cachaça brasileira, a Anísio Santiago! Meu filho, a velha não pode com essas coisas! E por mais que Cíntia enchesse o copo da mãe, que era, volta e meia, retirado pelo garçom e substituído por um novo vazio ("Pra cerveja não esquentar"), Jurema enrolava numa latinha de Coca Zero. A filha achava aquilo "um veneno", mesmo com as seis carteiras de Free Azul colocadas à mostra como uma torre de comando em um campo de combate. Olha, acho que o Nelsinho vai parar: Vai lá, garoto! Pedro sorri. Reluz o aparelho fixo. Saindo da adolescência, meu Deus... O que faz no Mercado das Pulgas? A afinação do instrumento se estende além do esperado. Noronha não perdoa: Mas vai tocar ou vai ficar de onda? Finalmente, dedilha "Berimbau" de Baden e Vinicius.

Cíntia – Cacete!

A mão direita era um espetáculo, fazendo com que o bar parasse num silêncio sem precedentes. Contudo, a voz... A voz era uma questão. Parecia esganiçada, pontiaguda, quase um garrancho infantil. Cíntia compreende e arranca à força a pérola do nosso violeiro.

Cíntia (*Cantando*) – "... Capoeira me mandou, dizer que já chegou, chegou para lutar. Berimbau me confirmou, vai ter briga de amor, tristeza camará."

O bar vai abaixo! Aplausos calorosos e gritos de "uhuuulll". Cíntia desponta da mesa como uma heroína. Pisca o olho para o garoto, que retribui com aquele sorriso de metal.

Cíntia (*Cantando*) – "... Quem é homem de bem não trai o amor que lhe quer seu bem. Quem diz muito que vai não vai, até quando não vai, não vem. Quem de dentro de si não sai, vai morrer sem amar ninguém. O dinheiro de quem não dá é o trabalho de quem não tem. Capoeira que é bom não cai, e se um dia ele cai, cai bem!"

O bar inteiro (*Cantando com as mãos para o alto*) – "Capoeira me mandou dizer que já chegou, chegou para lutar. Berimbau me confirmou, vai ter briga de amor, tristeza camará."

Todos se levantam, alguns com o copo na mão, num gesto análogo àquele de quem reza a ave-maria; outros, simplesmente, de olhos fechados, sugando o bar para dentro de si. Uma temperatura de areia em começo de noite se evola entremeada à fumaça. Na erupção, instala-se a atmosfera do Capelinha, agora, uma catedral de incêndios. Cíntia balança os quadris. Leandro remexe sua pinga. Noronha abastece-se no banheiro. Dona Juju sorri briosa, reconhecendo o talento da filha, tesouro imaculado da santa diocese dos esquecidos.

A musa das musas começa, então, uma de Chico Buarque e troca de roupa: instantaneamente.

Cíntia (*Cantando*) – "Se você crê em Deus, erga as mãos para o céu e agradeça. (*Olhando para Pedro, Cíntia lhe beija o pescoço, depois dá aquela típica piscadinha com o olho esquerdo*). Quando me cobiçou sem querer acertou na cabeça. Eu sou sua alma gêmea. Sou sua fêmea, seu par, sua irmã. Eu sou seu incesto. Sou igual a você, eu nasci pra você."

Noronha – Diva! Musa maravilhosa!

Cíntia (*Cantando*) – "Eu não presto. Eu não presto."

Noronha – Presta sim, sua linda!

Cíntia (*Cantando*) – "Traiçoeira e vulgar, sou sem nome e sem lar: sou aquela. Eu sou filha da rua, eu sou cria da sua costela. Sou bandida, sou solta na vida e sob medida pros carinhos seus. (*Agora, dá uma piscadinha para Noronha, que se esvai feito farinha*) Meu amigo, se ajeite comigo e dê graças a Deus."

O bar, de novo, explode em aplausos.

Mais aplausos.

Mais e mais.

Bebidas são distribuídas como a queda de um enorme dominó.

Pessoas tiram suas roupas.

Se abraçam coletivamente.

Se beijam.

Têm filhos.

Renascem em outras gerações.

Sobrevoam o telhado do bar.

Se esquecem que já passam das cinco.

Pausa.

Pedro resolve afinar o instrumento.

Pausa.

Ele demora anos. Séculos. Cíntia está cada vez mais idosa. Agora, de bengalas, tosse, não consegue mais fumar seu habitual Free Azul. A mãe se foi. Assim como Noronha, Nelsinho e Leandro. Sobraram ela e Pedro, em um bar vazio.

Cíntia (*Cantando à capela*) – "As suas mãos onde estão? Onde está o seu carinho? Onde está você?"

Mãos trêmulas acendem um cigarro na bituca de um outro, ajeitam o batom esmaecido, depositam cerveja em um copo, pedem mais para o garçom, acariciam os cabelos de Pedro, acariciam os pelos de um cachorro, passeiam por um bosque noturno, deslizam por um buquê de rosas, lançam beijos à plateia do teatro, rezam para que termine o batente, pescam um cartão em uma bolsa entupida, lançam maldições a uma vida incompleta, acenam para si, dão tchau para si, abençoam a si, em uma piada litúrgica feita por quem, há muito, perdeu a fé em qualquer coisa.

Pedro, finalmente, começa os acordes de "Bom dia, tristeza", de Adoniran Barbosa e Vinicius de Moraes.

Cíntia (*Cantando*) – "Bom dia tristeza. Que tarde, tristeza. (*Cíntia pega a máscara de um respirador. Um enorme cilindro de oxigênio está logo atrás de si*) Você veio hoje me ver. Já estava ficando até meio triste de estar tanto tempo longe de você. Se chegue, tristeza. Se sente comigo, aqui, nesta mesa de bar. Beba do meu copo. (*Cíntia é colocada em uma maca por enfermeiros*) Me dê o seu ombro que é para eu chorar. Chorar de tristeza. Tristeza de amar."

Pedro volta para a sua cadeira. Abre o sorrisão metálico. A cabeça de Cíntia pende em uma das mãos; um pingo negro de rímel desce lentamente em seu copo americano diluindo-se no dourado da cerveja. Leandro anuncia: Pessoal, chega por hoje. Quase seis da manhã. Vamos nessa, Pedrinho?

Cíntia (*Cantando*) – "Negativo. O Pedro hoje é meu. Temos um repertório inteiro pela frente."

Violão de Pedro (*Tocando*) – "Sim. Hoje eu sou da Cíntia. Não me esperem amanhã. Ou depois de amanhã. Voltem todos pra casa."

A música nos mantém aqui.

Vivos.

PAUSA PARA UM CAFÉ

A EMPREGADA

O que eu tenho para lhe dizer? Coma direitinho, viu. As aves despencam em queda livre e isso não é uma praga. Deus não está envolvido em artifícios. Não há som, palavra ou conceito que despregue abundância da minha língua, apenas uma rigidez magra, uma finura agudíssima, as lâminas que jogam buraco e cortam ao mesmo tempo. A borra do café despencou no hipotálamo, na conexão rubra das nossas escolhas, agora, aqui, somos a sujeira que destila negror no líquido que nos faz alertas. Estou estupefata. Nossa! Nossa! Não é possível que você não acredite em plantas medicinais, em esquilos falantes e abraços fraternos! Nossa! Nossa! Não acredito que você desacredite nas coisas que nos ligam e dão corda à nossa boca que abre e fecha e dita regras e as desfaz com a precisão de um hipopótamo?

O que eu tenho para lhe dizer? Cresça. Mude de psicanalista. Ele está mentindo pra você, te levando para o país da facilidade cognitiva, te insinuando a colher na boca, aterrissando o aviãozinho e ganhando um bom dinheiro com certos fonemas de veludo, certos rasgos azuis, certas engenharias de afagar cães sonolentos e sedentários como você. Você adormeceu por dentro como uma nuvem infinitamente seca, sedenta de sede, olha, olha como teu olho abraça o céu e como ele chora lentamente o som triglicerídico dos dias. Olha, como o chumbo da vida te contaminou, te deixou prostrado, inerte nesta cama de recriminações baratas. Teu esgoto é o desgosto a céu aberto. Tua imprudência é o fedor das horas que não passam. Tua chama é baixa como os fogões de lenha umedecida. Você escorre obtuso pelas horas encharcadas de raiva e sede. Agora, por que esta raiva direcionada a mim? O que você quer me jogando papel picado como quem arremessa navalhas?

O que eu tenho para lhe dizer? Exatamente isto: eu sei o que são navalhas. Ah, nossa! Nossa! Que surpresa ela dizer isso! Ela sabe o que são navalhas... e não rosas, sorrisos, afagos, beijos... Nossa! Ela, no fundo, tem aversão à cafonice! Isso significa que talvez você deva mesmo afundar, porque é da sua natureza densa buscar a multidão em um deserto imóvel. Nossa! Nossa! Você jura que é o contrário? Você é elétrico? Uma faísca? Um incêndio em potencial? Por que eu digo denso se você é tácito? Na frente do espelho, um caminho de arame e galhos retorcidos, por dentro, a imobilidade da coagulação absoluta. E agora uma bomba de chocolate, o hálito azedo, o suor, a relva da casca achocolatada que se confunde com o seu suor, com o sêmen ressecado no lençol de ontem, com o creme de leite estragado na parte detrás da cama, com o brigadeiro pegando mofo e ganhando arquipélagos verdes inabitáveis. E agora essa parede, essa estante de livros vazia — ah, ninguém notou que esses "livros" são suportes de plástico... pelo amor! — esses desenhos da renascença (sua mãe, igualmente inútil, te deixou essas quinquilharias para destilar o mofo e o ressentimento em seu pulmão), esses rascunhos antiquíssimos, reproduções, garoa de fogo que desce dos infernos para lhe alegrar as vísceras das sensações, para disputar, a garras, tua falta de disposição, tua inclinação às pequenas perversões da quarta-feira, tua pacífica crueldade diante de indigentes, tua simpática forma de despachar funcionários, tua colérica habilidade de engolir indultos, de ruminar cenários, de vomitar como quem goza a grana escoada pelo rabo de teus hipoalergênicos progenitores! Eu sei onde essa fuça foi parar, benzinho, eu sei onde essa língua foi lamber, eu sei onde essa barba roçou feito uma lesma crivada de cobre e solidão. Ah, nossa, nossa, ela sabia, meu Deus, meu pequeno deus do formato do meu minúsculo pênis, ela sabia! Gostaria de não ter falado: você não merece o gosto acre de saber qualquer porcaria sobre si mesmo.

O que eu tenho para lhe dizer? Advinha? Advinha? Que a merda respingada no vaso permaneceu por lá. E, por dentro, o seu núcleo ressecado, ressentido, e milhares de microrganismos aplaudindo o furor da sua fauna marinha, a coagulação alucinógena das pregas inflamadas, as ranhuras que se confundem com um braile surdo e macabro, um lodo balbuciante, a fala do Hades, o reto, afinal, retorcido e purpurinado de coceiras. Ah, nossa, nossa, ela sabe da minha condição/ mas quer parar de dar uma de otário? Eu sei TUDO sobre você e até um pouco mais, pois espremendo sempre sai um pouco além de pus deste cancro mole que é a tua cara onipresente e estéril. Olha, esse pedaço de sucrilhos boiando na tempestade das injúrias, das cobiças, das bucetas de baunilha que você engendra em sua máquina de algodão doce a que, um dia, você chamou de imaginação (aliás, sua imaginação é um centro de previsibilidade sem limites). Olha! Olha isso! Você acabou com o piso de madeira com esses garranchos. A história de uma vida sem história. Coisas que nos enterram a agulhadas. Um crânio angelical caindo do décimo sexto andar. Uma ossada flutuando invisível por entre as frestas da cozinha. Vai, abraça os animais de pelúcia, chupa o sangue, arranca os ossos, engole as córneas, tudo o que dizem ter por dentro. Abraça esse e aquele outro. A multiplicação crônica dos brinquedos de afagar, dos *gadgets* de mergulhar em afetos mortos. São bichos vermelhos, sanguíneos, purulentos, que carregam as reentrâncias de sua falta de aptidão, de sua falta de tato, de sua mania infantil de perseguir percevejos, pulgas, herpes, carrapatos; de latir para si mesmo na frente de um espelho. Plástico-bolha ou roleta-russa nas membranas e nas mucosas, cuspe e catarro nas retinas do pensamento. A ruminação infinita de um morcego sem asas. A escuridão e a sua falta de boa-noites.

O que eu tenho para lhe dizer? Menos o prazer de lhe dizer que estou cansada do que a angústia de continuar dançando esplêndida na superfície de tuas feridas expostas. Por que você expõe todas elas de uma maneira que julga calculada, fina, métrica, mas, no fundo, demonstra apenas um desleixo em relação a tua própria condição no mundo. Olha na minha mão: isto é uma vassoura. Olha lá na ponta: aquilo é o teu escalpo. E agora vou limpar os microrganismos que compõe, como uma sinfonia de peidos, o fedor da tua alcova. E pra quê? Para continuar dançando aqui em cima dessa cabeça que inunda que soterra e agride como quem mergulha em um oceano de edredons, no mais profundo pântano de esperanças perdidas. As larvas sorriem a tua baba sedosa. Estamos sós nesta varanda mal iluminada e você, de cuecas, olha para as minhas nádegas: um besouro escuro e brilhante. Você tem vontade de lamber e tem vontade de esmagar, e tem vontade de sorver o líquido bruxuleante que escorre amarelo, e tem vontade de regurgitar o líquido bruxuleante que escorre laranja, e de esmagar novamente o brilho da minha imensidão acerada, e de limpar com ácido, e de limpar com cloro, e vomitar com juras, e de lamber e esfregar, e esfolhear os dedos e as cutículas, a palma e as espátulas, até a tua mão escorrer derretida do meu intestino grosso. Olha: o teu reflexo encarnado em alguma pústula perdida.

O que eu tenho para lhe dizer? Que eu não escondo as coisas. As coisas se escondem de você.

O que eu tenho para lhe dizer? Não há nada o que se possa arrumar aqui dentro.

O que eu tenho para lhe dizer? Deixei a chave dos fundos na portaria do prédio.

SEGUNDO ANDAR: OS MAL-AMADOS

AS BICICLETAS

Alguém entrou no prédio sem permissão, ele diz. Alguém sujou o piso do hall de entrada, estavam lá as pegadas de lama, mais parecia um piche, uma gosma imunda piscando as sinapses da nossa neurose. E agora? Agora eu preciso descansar e não pensar mais nisso, ela diz. Vai pensar sim, ele insiste, iniciando uma longa descida para o labirinto da angústia. Agora você vai lá e espera: fica em prontidão, tá me entendendo? Sim. Ela abandona as tarefas, os pilares da sua rotina, e todo um passado se curva ante a situação imediata de um alerta vermelho. Roubou as bicicletas da garagem; as bicicletas mais caras, ele diz. E o que faremos diante de tal obra de arte — o roubo de bicicletas — uma transgressão que parecia, enfim, até certo ponto, simpática e inocente? Não me olhe com esta cara de idiota: foram CINCO bicicletas, imagine o que eles poderiam fazer conosco? Mas qual é a relação, meu bem? O que eu deveria pensar? Espero ele me dizer, mandar e desmandar no corpo idoso que eu abandonara ali, no centro de um tapete persa comprado pelo telemarketing dominical.

Meu corpo, aliás, possuía a função de obedecer. E eu obedecia.

E ela?

ELA não enxerga. ELA ignora. ELA finge que não existe: a sujeira. Por quê? O que mudou? Querida? Tá me ouvindo? Acorda!

Olha, tá vendo aquele grupo de mendigos, ele diz. Sim, meu amor, eles moram na galeria já há uns dois anos. E você não percebeu? Não notou como conversam, como olham para os velhinhos, como nós, toda vez que botamos os pés para fora desta portaria? Não exagera, ela diz. Mas foi você quem começou, porra! PORRA! Há algo de podre no reino do Água Verde. Dia desses a filha da vizinha velhinha pegou a gorda com o esquálido transando escondidos atrás da árvore. Uma baixaria brava! Onde já se viu uma coisa dessas! Mas deixa a mendicância ser feliz, oras, ela sorri, gozando uma vingança muda, de quem retira da casa todos os espelhos. SIM: nós deveríamos tentar, amor, atrás da árvore, ele sussurra. Assim que você gosta? Sujinha?

— Não dá conta nem em cima da cama e quer tentar atrás da árvore, coração? Você ainda não amadureceu!

Olha, olha! O sorriso dele se abre como uma varanda em casa de veraneio. Que foi desta vez? Mataram o grupo de mendigos. E os assaltos? E as bicicletas? Foram encontradas. Foram os próprios que roubaram as magrelas e esconderam por debaixo dos panos da galeria. Viu só que galeria suja, acho que abandonaram já há algum tempo. Não é possível, ela diz. Os pobres dos mendigos não fariam uma coisa destas! Você gosta daqueles porcos sujos, sente tesão, é isto que estou entendendo, ele diz, em alto e bom som estéreo.

— O que você está insinuando com esta sua cabecinha idosa?

— Que VOCÊ fica toda excitadinha pensando no esquálido; toda molhada imaginando o maldito drogado arrebentando a boca do balão. (*Silêncio*) Tá fedendo aqui. Um cheiro de urina. E de sangue. Por que você mudou de opinião, meu amor? O que te fez mudar de opinião?

— E você: voltou a fumar depois de velho?

— Sim, voltei, porque eles estão por toda parte. Soube que na rua aqui de baixo roubaram nem uma e nem duas bicicletas — mas CINCO. Coincidência? Não, foram aqueles mendigos.

— Mas, coração, não mataram os pobres dos desabrigados?

— E você agora está arregando aquelas almas sem luz?

Entorna o resto da garrafa de whisky no abismo negro do café.

— Mas se eles estão mortos, certamente não puderam roubar as bicicletas. (*Ela insiste, desenhando um semblante de pena no reflexo de seus olhos*)

— Foram os filhos deles, mulher! Eles procriam: e muito! Como a gente nunca fez em toda a nossa vida!

Desce. Está cada vez mais difícil caminhar por entre escombros, ele pensa. A fome se mistura a um suposto cenário de guerra. É um gatinho branquinho, branquinho, essa fome que se espreguiça: perdido em meio aos monstros do pântano, em meio a escuridão lodosa do mangue. Ah, eles estão por aqui agora olhando de forma indiferente para a coxinha que comprei nos fundos da galeria. Daquela galeria suja.

— Por que você diz "galeria suja"?

— Porque sim porque preciso porque posso porque quero ajudar o dono o homem o varão que por durante anos lutou contra a praga de mendigos que roubaram as bicicletas.

— Não toque em mim — ela diz.

— Não toque em mim? O que você está dizendo? O QUE VOCÊ ESTÁ DIZENDO??? Fala, porra: não me deixe tagarelar com as paredes!

— Você nunca me tratou dessa maneira; estes mendigos estão te fazendo mal!

— A tua presença: a tua presença escrota SEMPRE me fez mal.

— Você é um monstro! Um monstro!

— Mulher, você agora mudou de lado?! Lembra? Foi você que me alertou sobre esses seres, sobre essa corja infernal! E agora fica defendendo essa praga? O que mudou? Quem anda falando contigo? Qual deles? Qual?

São dez pontos, diz o médico. Caí da escada, coisa de velha, não me olhe assim, doutor: não me olhe assim. No corredor dos quartos, na alvura quase abençoada das paredes e das roupas inodoras, ele fuma com vontade, recheando o pulmão convulsivamente, baforando na cara da enfermeira, que diz chamar em alguns poucos minutos a segurança. Cospe no piso emborrachado. Vai para fora e os mendigos dançam. Dançam a quadrilha, com suas roupas sujas e rotas; pedaços de pano em farrapos a esconder as vergonhas fedorentas: são animais perdidos, sem donos, pensa. Tambores de gatos e chacina de cães. O que comer num ritual de sacrifício na feirinha hippie de um centro histórico? Na árvore, será que fodem a madrugada inteira? EU CANSEI! Grita, próximo à entrada do hospital. SUMAM DA MINHA FRENTE! VÃO DORMIR NO ESGOTO, EMBAIXO DA TERRA, BEM LONGE DE NÓS! VOCÊS NÃO TÊM O DIREITO DE PERMANECER AQUI! PAREM DE

PERMANECER POR AQUI! PAREM DE EXISTIR! PAREM DE CANTAR! PAREM DE FINGIR ESSA FELICIDADE IRRITANTE! HIPÓCRITAS! VOCÊS SÃO HIPÓCRITAS! A VIDA É UMA CARTEIRA DE CIGARROS VAZIA! VAZIA!

Em casa, um hálito de chorume. Voltamos, estamos a salvo, ela diz enquanto cospe um pouco de sangue na pia do lavatório. Desde que tentou dar cabo do marido (e ele a impediu com um martelo de carne), permaneceu sorumbática, olhar perdido, insosso, como uma poça d'água refletindo uma nuvem escura. Você ainda não me apontou qual deles! Ela agora assoa o nariz, mas quer parar com essa conversa?! Ninguém falou comigo, homem! Na lajota branca da área de serviço, as mesmas pegadas de lama do hall. Meu Deus, eles entraram! O velho a abraça como nunca. Ela o sente protegido, salvando um casamento em um mesmo e único gesto de alívio e perdão. Estou aqui! Estou aqui, benzinho! Ela diz. E eles? Também. Um na sala a comer pipocas — Boa noite, papai! Outro na cozinha, fritando batatas. Na televisão, o mais velho protagoniza a novela das oito! O do meio se masturba no banheiro para o reflexo da herdeira. E no quarto dois idosos transando com a disposição ilimitada dos cães: ele de cócoras e ela segurando um enorme galho de ipê, trazido pelas mãos sem vida de um morador de rua.

BEL

Três e vinte e oito da manhã. A tela do computador vomita luzes. No conta-gotas de um sono onipresente, escoa a adrenalina. Escapa de si uma lágrima obesa, fruto da quantidade de horas em banho-maria, que agora se acumulam na distração sem brechas do presente. Enche a térmica e depois coloca o conteúdo para ferver. Quer porque quer terminar os episódios, solucionar os crimes, ser a defensora das mulheres, dar um fim ao terror, à violência inoculada feito um vírus na\ Bel, cê ainda tá de pé? Vem pra cama, pelo amor de Deus. Larga este negócio, criatura! Já vou, Cristiane! Faltavam apenas dois episódios — apenas dois! Nada a demoveria de sua missão providencial.

* * *

EPISÓDIO 116 – A SAPATILHA PERDIDA

Caro ouvinte, antes de começarmos, vamos lembrar que esta é apenas a minha opinião. Tudo o que será falado aqui é baseado em fatos reais e provas colhidas ao longo de cinco anos de trabalho autônomo. As conclusões, por fim, são de minha inteira responsabilidade. Quem se sentir ofendido, pode mandar um e-mail para vítimas macabras arroba projeto crimes ponto org. Dito isso, vamos para mais um passeio pelos RITUAIS MACABROS DO PORTO DE SANTOS. Eu sou Aníbal Lécter e pretendo te levar ao sótão do insolúvel.

No episódio de hoje: "A sapatilha perdida".

Não foi um fato desconhecido pela imprensa o pé esquerdo das sapatilhas da garota Jéssica, morta em 15 de fevereiro de 2015, ter sido extraviado nas investigações empreendidas pelas autoridades locais em março do mesmo ano. Esta é uma história de desencontros suspeitos e paradoxos peculiares. Primeiro, porque a Polícia Militar anunciou posteriormente ter achado a jovem já sem nenhuma sapatilha nos fundos de um estabelecimento do Mercado de Peixes em Santos. Segundo, porque de acordo com o relato de duas testemunhas, o calçado já havia aparecido em uma lixeira próxima ao local.

Jéssica, uma bailarina de 22 anos, integrante do balé da cidade de São Paulo, visitava os familiares no litoral todo o fim de semana. Era uma garota sonhadora, alegre, que, nas palavras do seu diretor artístico, abre aspas, tinha um futuro imenso pela frente, fecha aspas. Após uma dessas visitas, m. (que preferiu não se identificar), estranhou a ausência da amiga no ensaio de segunda, abre aspas, a Jessi era a caxias do grupo. Ela se atrasar seria esquisito: agora, ela não aparecer…, fecha aspas. Na mesma tarde, tentou inúmeras vezes estabelecer contato com a vítima, sem sucesso.

O sentimento do pai, seu João Alberto da Fonseca, um farmacêutico da região, foi de espanto. Para ele, Jéssica havia voltado e, aparentemente, tudo corria bem. Mas nós já sabemos, caro ouvinte, que nada poderia estar bem. Vamos recordar a sequência de eventos do episódio anterior: 1) um pescador encontra o cadáver da vítima; 2) a polícia identifica a marca da runa em sua testa (que, segundo o perito, havia sido cauterizada antes da causa mortis); 3) haveria sangue no caminho até a praia; e 4) que fim levou a sapatilha? Ela calçava apenas um dos pés, numa posição em que plantava bananeira por dentro de um freezer industrial.

Dado o teor apavorante do evento, e o fato desse ser o quinto corpo encontrado em menos de dois meses, o governador decidiu acionar a inteligência militar. O tenente-coronel Nilton Costa, o Niltinho, em surpreendente entrevista à rede de tv x, disse ter achado Jéssica junto com sua equipe sem nenhuma sapatilha. Abre aspas, na verdade, ela parecia ter saído do mar para a morte. Pensamos que havia morrido afogada e que o cadáver foi parar onde parou por algum motivo misterioso, fecha aspas.

Guto Veiga, especialista em perícia forense, contou com exclusividade para o nosso programa que, abre aspas, estamos diante de um caso sério de alteração de provas. Se a sapatilha apareceu em uma lixeira fora da venda de peixes, de certo o corpo foi transportado. De um lado, temos a pm dizendo que Jéssica estava descalça, de outro, a Civil, falando o oposto. Quem tem razão? Acho que nós já podemos intuir, fecha aspas.

* * *

Bel toma aproximadamente um copo americano de café preto requentado. Tenta pensar, mas as conexões do cérebro estão viciadas. Retornam secas, em looping, sem um pingo de profundidade. E a runa? Eles não vão falar da runa? E a porra da runa, caralho? Via, no reflexo da tela, sua testa sangrar. Fecha os olhos. Afasta aquilo de si/ meu Deus o que teria sentido a vítima acordada logo quando enfiaram um ferro quente na pele meu Deus ela teria agonizado não posso meu Deus não posso pensar sobre isso quanta dor quanta dor. Respira. Concentra no que interessa: os crimes haviam sido cometidos contra mulheres. Contra mu-lhe-res.

* * *

EPISÓDIO 117 – O NAMORADO ARREPENDIDO

Caro ouvinte, antes de\ (ah, pula isso, gente!) Eu sou Aníbal Lécter e pretendo te levar ao sótão do insolúvel.

No episódio de hoje: "O namorado arrependido".

Silvio Carneiro, o Sivuca, tinha a mania de preparar pequenos rituais em que sacrificava galinhas e bodes em sua residência, a quatro quilômetros da areia. A população sabia e não ligava para as cerimônias. Segundo z., pescador amigo de seu João Alberto, abre aspas, o Sivuca tinha isso mesmo... quer dizer, eu não mexo com essas coisas... não com matar animais... ele fez uma corrente do bem para que a gente pescasse mais peixes no final da temporada... nada de matar... só orações, fecha aspas. Em declaração para o delegado Carlos da Silveira, o Carlão, Sivuca disse nunca ter mexido com runas e que o negócio dele era a umbanda. Abre aspas, o povo mistura tudo... Umbanda é coisa nossa, brasileira... Runas é daqueles europeu grandão... sabe os vikings? Então... Nóis que é brasileiro tâmo mais próximo dos orixás, fecha aspas.

Niltinho, em entrevista para a rede de tv x, disse ter achado muito estranho Sivuca saber as diferenças entre uma coisa e outra e que o pai de santo, abre aspas, é o principal suspeito, já que a marca na testa das meninas poderia muito bem ser um fator construído para desviar a nossa atenção, fecha aspas. Na manhã seguinte, o namorado de Sílvio Carneiro dizia estar arrependido de ser um cúmplice das, abre aspas, atrocidades cometidas por um doente mental, fecha aspas. Nas imagens, percebemos um homem cansado, olheiras fundas e cianótico. A camisa, manchada de sangue, pendia rasgada. Existia uma forte suspeita de que Jeremias Silvestre havia sido torturado, mas isso nós não podemos provar (por enquanto). Em 12 de janeiro de 2016, Sivuca foi preso por conta do testemunho dado por Silvestre, "o namorado arrependido".

* * *

Mas tá na cara que este homem foi torturado, meu Deus! Cris! Vem ouvir!

Cris – Acordou cedo, hein.

Bel – Na verdade, eu não dormi.

Pausa.

Cris?

Bel se levanta e começa a procurar a companheira pelo quarto, sem sucesso.

Bel (*Gritando*) – Onde cê tá?

Cris – Aqui.

Vai para a cozinha que se desdobra em mil cozinhas. Em cada uma delas, uma Bel procura por nada.

Bel – Aqui onde?

Cris – Na sacada

Duas pernas brancas depiladas como uma tesoura saem de dentro de um vaso, onde, antes, morava um pé de espada-de-são-jorge.

Bel – Meu Deus! O que aconteceu?

Cris – Sou uma das vítimas, você não lembra?

Fecha os olhos. Abre, e lá estão as pernas de Cris, agora se movimentando lentamente, como se estivessem fazendo um exercício.

Cris – Bicicletinha. Pra manter a circulação.

Bel – PARA COM ISSO!

Cris – Você realmente não tem ideia de quem foi...

Pausa.

Bel – Me nego a continuar falando contigo nesta posição.

Cris gargalha e depois aponta os dedos dos pés para a porta da frente.

Cris – Você esqueceu que o Niltinho é nosso vizinho?

Bel – Não quero saber...

Cris – Mas você não quer solucionar o caso?

Bel – Para de graça e vamos pra cama.

Cris – Eu tenho dormido bastante no último ano.

Um pequeno rio e seus peixes dourados circundam Bel. Observamos ela, adolescente, boiando, boiando.

Bel – Eu te amo, Cris. Não faz isso comigo.

Cris – Mas não fui eu. Você sabe. Vem cá, pertinho, que eu quero te contar uma coisa. (*Sussurra*) Ele deixa a porta aberta pela manhã... Por causa do cachorro... É assim que ele vai cair.

Bel – Tenho medo, amor.

Cris – Medo de homem, agora! Eita!

Bel – Como pode... Por que você? Por que nenhuma outra, mas você? Cris, não posso com essa ideia de que você foi um acidente! Mas tem um assassino sim tem um assassino e não foi um acidente tem um assassino vizinho aqui do lado tenho medo de entrar e encontrar o corpo de alguém o corpo de uma conhecida o corpo da minha mãe da nossa amiga Maristela e da empregada da empregada meu Deus não ter tempo de imaginar outra vida um acidente não posso com a ideia dela ser um acidente não posso com a ideia de uma pessoa ser um acidente não posso lembrar do mundo transformando as pessoas em acidentes meu Deus preciso lembrar que existe um assassino um assassino. O vizinho. será? será? Ai meu Deus não sei se quero pensar nisso meu amor não sei se quero.

Cris agora está do seu lado. Abraça Bel. Forte. Enxuga suas lágrimas com as costas das mãos.

Cris – Já passou, coração.

Silêncio.

Bel – Já sei: vou ligar pro Lorenzo!

Cris – Pro Lorenzo??

Bel – Ele vai me ajudar.

Cris – Teu irmão não dá a mínima pra gente!

Bel – Não fala assim.

Cris – Qual foi a última vez que ele veio aqui em casa?

Bel – E o que isso importa?

Silêncio.

Bel – Caralho, você tem razão! Ele não vai nos ajudar. Ele é capaz de ajudar o assassino.

Batidas fortes na porta da frente. Intensas. Cada vez mais intensas.

Silêncio.

Agora as batidas são na cabeça de Bel.

CRISTIANE, TEM ALGUÉM AQUI!

Ela treme muito. Os olhos quase revirados.

Cris – Olha aqui pra mim!

Bel – AHHHH, EU NÃO VOU CONSEGUIR. EU TENHO MUITO MEDO. ELE VAI ME MATAR TAMBÉM!

O rosto de Cris boia gigante no horizonte escuro da sala.

Cris – Olha pra mim! Deixa todo o seu medo comigo, amor. Eu guardo ele pra você. Enxuga agora essas lágrimas e larga esse café! Entra na porra daquele apartamento e mete este filho da puta na prisão.

* * *

EPISÓDIO EXTRA – O APARTAMENTO VIZINHO

Devido às recentes descobertas acerca dos rituais macabros do Porto de Santos, foi necessário mobilizar a nossa produção com o objetivo de relatar para você, caro ouvinte, a reviravolta impressionante deste caso. Na manhã do dia 19 de julho de 2021, foi achado um cadáver do sexo feminino no apartamento de ninguém mais, ninguém menos do que Nilton Costa, o Niltinho. A polícia de São Paulo, em ação conjunta com a Civil do litoral, armou uma busca depois de um vídeo anônimo ter vazado e viralizado nas redes.

Nas imagens, aparece um antigo baú pintado à mão, contendo uma coleção de óculos Ray-Ban estilo aviador e a sapatilha rosa suja de sangue. Uma voz feminina sussurra ao fundo, abre aspas, tô aqui no apê do Niltinho — é ele o culpado! Eu sabia! É ele o culpado!, fecha aspas. O corpo descoberto foi o de Isabel Canola (irmã do astro Lorenzo Canola), uma jovem de 25 anos que morava no mesmo prédio que o militar. Segundo a delegada Carla da Silveira, ou, simplesmente, Carla, havia marcas roxas espalhadas pelo rosto, parte superior do abdômen, e nas coxas, apontando para uma possível resistência da vítima. Abre aspas, a Isabel lutou muito antes de morrer. Foi uma guerreira, fecha aspas.

No computador do tenente, a polícia encontrou os áudios originais com os depoimentos de Silvio Carneiro e Jeremias Silvestre. Neles, os acusados sofrem coações e são torturados por meio de choques elétricos. Os dois confirmaram o conteúdo dos arquivos e foram liberados após prestarem esclarecimentos. Cristiane Rocha, de 37 anos, companheira de Isabel, ainda não foi encontrada pela polícia e nem pela produção do nosso programa. Seu desaparecimento configura um novo mistério, aparentemente insolúvel para Carla da Silveira (ou, simplesmente, Carla). Abre aspas, continuaremos as buscas e faremos todo o possível para acharmos a Cris. Ela é fundamental na resolução deste caso, fecha aspas.

E você, caro ouvinte? Acha mesmo que Nilton Costa, o Niltinho, é o verdadeiro culpado? E onde estaria Cristiane, a companheira de Isabel? Qualquer informação, entre em contato com a gente pelo e-mail vítimas macabras arroba projeto crimes ponto org. Eu sou Aníbal Lécter e este foi o último episódio do caso OS RITUAIS MACABROS DO PORTO DE SANTOS. Desejo a todos uma ótima noite.

JANAÍNA

O alarme toca o terceiro movimento do "Verão" de Vivaldi às quatro da matina, horário que, segundo o primo, ela já estaria "de pé". Entra no banheiro gelado, toma uma ducha rápida, veste o moletom da facul e esquece propositadamente o celular na cabeceira da cama. No elevador, o primo lhe diz que talvez fosse melhor não olhar muito para o rosto dela, ou melhor, não tentar olhar muito para o rosto dela, tem esta coisa meio medusa, meio apocalíptica, meio armadilha para os que não têm respeito pelas entidades, sabe, os imortais gregos, egípcios, sabe, parada cardíaca, praga, anátema, exorcismo, coisas desta ordem dentro de uma sala escura que pinga e respinga o tempo todo, e um cheiro de mofo, anúncio do suor de Zeus, repousando suas pernas num longo e divino escalda-pés. Lá o dia inteiro é noite. Claro! Já vim aqui, ele diz para o primo, vinha direto neste lugar quando era adolescente, comer costela de madrugada e olhar "as meninas" dançando para os velhinhos encardidos do centro. Entra no recinto e "as meninas" parecem ter a sua idade. Sentam próximo à entrada. O primo insiste em pedir uma cerveja.

— Cê tá maluco, não posso/nem quero/nem tenho saúde para beber a estas horas.

— Temos que pedir para despistar os olheiros, não podemos dar bandeira, poucos sabem da existência/

— Quem se interessa por isso?

Só mesmo alunos de literatura viciados na *Odisseia* de Homero saem de suas casas na esperança de ver uma verdadeira sereia dando conselhos para cidadãos comuns às cinco da madrugada no centro doloroso da cidade. O garçom de um olho só vem até eles. Masca copiosamente um ping-pong.

— Quem gostaria de ver a dona Nêmesis?

O primo logo interrompe qualquer resposta.

— Nós dois, viemos especialmente para isto.

— Não é polícia, é?

— E se fosse?

— Venham.

— E quem é Nêmesis? — Ele pergunta ao primo.

— A dona Nenê? Ah, é a gerente do bar. Ela é a única que pode nos levar até ELA.

Nenê era uma pequena celebridade da rua Cruz Machado, apesar de ser extremamente violenta. Mandava cortar o pênis dos homens que não pagavam a conta da festa e costumava rogar pragas para aqueles os quais ela considerava metidos — o que, convenhamos, possui uma boa dose de subjetividade.

— Portanto, reze para que ela vá com a sua cara. Seja humilde, nunca olhe diretamente para os seus olhos.

Chegando no balcão, um senhor bigodudo parece não dar muita bola pra ninguém. Ele fecha comandas, digita coisas no computador e coça a cabeça numa só ação precisa e tácita. Parece gostar daquilo; faz tudo com a disposição de um moleque de quinze anos se masturbando no banheiro do liceu.

— E este aí?

— O Frederico? Ah, ele aceitou faz tempo a condição trágica da existência.

Na parede, ao lado do caixa, podemos ler a seguinte frase: "Fiado, nunca. Aceite a dor de não ter um puto". Olá, Fred, diz o primo. O homem não esboça a mínima reação. FREDERICO, grita.

— Ah, sim, quer pagar a conta?

— Você sabe que não, Fred; viemos aqui para uma consulta.

— Vocês estão dispostos a ir até o fim nisso? Vejo que estou tratando com homens que não medem as consequências de seus atos, certo?

— Não queremos os seus conselhos filosóficos.

Fred passa um bom tempo rindo. Além do limite das risadas. Do nada, seu rosto ganha uma seriedade mítica.

— Olha, a Nenê não está nada legal: teve que cortar algumas pirocas no decorrer da tarde.

Chega bem perto dos dois e sussurra.

— Ouçam apenas este conselho: quando forem falar com a Nenê, não a enrolem, vão direto ao assunto. É assim que os super-homens fazem.

— Ai, meu Deus/

— Não fala em Deus na minha frente: você sabe como eu fico sentimental com este assunto.

Frederico sugere soltar uma lágrima, mas logo sorri sarcasticamente.

— E não se esqueça: mesmo que o paraíso celeste pareça melhor, infinitamente melhor, prefira o mundo real, ou seja, este mundo. Pois é só este mundo que nós temos!

Atravessam o bar e sobem uma escadinha em forma de caracol. Um cheiro de mofo se insinuava levemente no decorrer da subida. Um largo corredor, então, abria os braços para os dois. É a última porta. Mas este boteco parecia menor, pensou; como será possível uma estrutura tão grande aqui e lá embaixo uma tripa curta e fechada? Chegando, um escritório cafona decorado com motivos de zebrinha. Nenê fuma um baseado longilíneo e cospe abundantemente em uma escarradeira ao lado de seu trono barroco. Apesar dos maus modos daquela quarentona, um corpo moreno e robusto saltava por de trás da saia curta de vinil e do top estilo *bad boy* verde-limão, já rasgando as laterais de tanto carregar os seios siliconados. Seus olhos eram inteiramente negros. Não havia nem um resquício de córnea ali. Dois pequenos buracos escuros e brilhantes como ônix se abriam e se fechavam lentamente. O primo parecia hipnotizado, embora fizesse um esforço hercúleo para não olhar diretamente para eles.

Ele – Dona Nenê (*Ele se apressou em falar*), queremos uma consulta com ela.

Nenê – Quem vocês pensam que são para vir até no meu escritório e falar comigo desse jeito?

Primo – Desculpa, dona Ne/

Nenê – QUE HISTÓRIA É ESTA DE DONA? EU TENHO A IDADE DE VOCÊS, PORRA!

Ele – É verdade, temos a mesma idade, não é bacana isso?

Primo – Achamos que era mais respeitoso chamá-la de "dona".

Nenê – E por acaso vocês estão tratando com a mamãe de vocês? (*Silêncio*) Por que vocês querem uma consulta? Vai um tequinho?

Na mesa de mármore rosa, Nêmesis preparava umas vinte carreiras de cocaína.

Ele – Eu vou (*Se apressa a dizer*).

O primo continua hipnotizado, porém de cabeça baixa.

Primo – Nós viemos aqui apenas para saber se é verdade que ela existe.

Nenê – Então, você terá que fazer um favor para mim: tira a calça.

Primo – Mas/

Nenê – TIRA AGORA A PORRA DA CALÇA!

Ele então desabotoa o cinto, enquanto Nêmesis abria aquele bocão cheio de dentes. *Cazzo*! Parecia mais a arcada de um tubarão.

Nenê – Você vai ter que gozar, filhote, senão, nada feito.

O primo tremia inteiro, um cheiro fétido de ovo podre tomava conta do lugar.

Nenê – Você peidou, meu bem?

Nêmesis sorria com aqueles dentes afiados.

Primo – Não, não.

Nenê – Agora fica bem quietinho. *Nhac*!

Primo – Aiiiiiiiiiiiiiiiiiii! Meu pau, meu pau, o que você fez, sua/

Ela, ainda com a boca cheia, mastigando, falava

Nenê – Você é muito cuzão para se consultar com Ela. Essa sua hipocrisia não me engana. Saia da minha sala, antes que eu faça pior. Antes que eu enfie/

Primo – Ok, ok, sua lazarenta, filha de uma égua, mas eu vou me vingar, você vai ver!

Nenê – Hahahaha, de mim? Querido, EU inventei a vingança. (*Pausa*) Agora você/

Ela se virou antes mesmo dele acabar de cheirar a quinta carreira.

Nenê – ... Vejo que você gosta de uma farinha.

Eu – Nunca tinha usado, mas como esta é uma ocasião especial...

Nenê – Todas as ocasiões são especiais, meu bem.

Estala os dedos. As carreiras desaparecem. Você não precisa disto, ela diz. Seus olhos adquirem uma cor mais para o avelã. Brilham como se olhassem pela primeira vez para o ser amado. Ele beija, literalmente, a Vingança na boca, mais por impulso do que por presunção. Ela retribui. Seus dentes não possuem mais a aparência monstruosa. Ao abrir os olhos, a sala havia se transformado: os móveis brancos bem alinhados e distribuídos. A roupa da anfitriã se resumia a uma camiseta Hering branca e uma calça jeans rosada.

Nenê – Você, sim, deve ir ao encontro dela.

Eu – Não entendo, por quê?

Nenê – Não pense, apenas vá. MOIRA! (*Grita já com o seu velho mau humor*) Moirinha, acompanhe o rapaz.

Uma senhora, já com bastante idade, corcunda e com um olhar opaco de tão cego, segura em meus braços.

Moira – Vou dizer o caminho, mas somente você terá que nos guiar.

Que senhora agradável: sua testa enrugada, suas mãos trêmulas, seu andar paciente... até a temperatura dos braços era acolhedora.

Eu – A dona Nenê é temperamental, né?

Moira – É, meu filho. Quando ela não vai com a cara de alguém, já viu. Se a pessoa vem aqui mais de três vezes e não olha diretamente no seu rosto... O bicho pega! Ela considera que a pessoa está dando uma de metida, sabe como são estas neuroses de madame. Chegamos!

Eu – Mas a senhora nem me indicou o caminho...

Moira – E olha o tanto que a gente andou!

Atrás da porta, uma escuridão úmida. Tépida. Uma voz rouca e fumante perfura as paredes descascadas.

— Por que você está aqui?

— Não sei responder essa pergunta. Queria apenas te conhecer.

— Quer olhar para o meu rosto ou prefere ouvir o meu canto? Você terá que escolher.

— Quero ouvir o seu canto.

— Então preste atenção, querido. Lembra daquela temporada que passamos juntos no interior de São Paulo?

— É você? Você é a sereia?

— No meu quarto. Agora você pode entrar no meu quarto. Nós dois estamos de pijamas. Eu gosto do seu pijama, faço questão de elogiar o seu pijama. Você me convida para ir ao seu quarto, quer me mostrar uma coisa e eu vou, vou disposta a tudo que você imagina agora, neste momento, agora, lá, entramos devagar no seu quarto, é de tarde, uma tarde chuvosa, cheirando a mato molhado e café da manhã, os seus pais não estão em casa, o ambiente cheira a silêncio e solidão, o ambiente cheira a pele lavada, a lavanda, a chuva cai devagar ali pela janela, no seu quarto há uma janela que dá para o quintal, lá onde as flores crescem mais rápido, lá onde um pé de cerejeira nos abraça e colore as lágrimas do céu que caem pacientemente, você, sentado na cama, você me diz baixinho no ouvido… o que mesmo?

— Que eu te amo. Eu digo que te amo! Quero muito te dar um beijo.

— Isto. Consegue sentir a minha língua ainda adolescente passeando pela sua boca? Pacientemente desenhando o contorno da chuva na sua boca, no contorno dos seus lábios, chupo devagar os seus lábios, são gostosos de chupar, têm um gosto de Nescau quentinho, aquele que as mães fazem todas as manhãs

— Não tenho mais mãe.

— Por isso seus lábios têm o gosto da sua mãe, o gosto do leite da sua mãe, beijo mais um pouco os seus lábios, é a primeira vez que beijo alguém na boca, a sua boca foi a primeira que encostou na minha, o seu peito foi o primeiro peito que toquei com as mãos, embora você tenha guiado as minhas mãos com as suas. Não há ninguém na casa? Você conferiu? Gosto da possibilidade de alguém entrar por aquela porta a qualquer momento, a chuva parece saber quem vai abrir a porta a qualquer momento/

— Ninguém vai ver, Jana. Ninguém vai abrir aquela porta, eu juro.

— Vem mais perto da sua Janaína. Vem sentir a textura da chuva junto comigo.

— A água está gelada.

— Mergulha mais fundo. Eu te esquento dentro da chuva que nos pertence, que nos faz de carne, que nos atravessa sempre quando passo minha língua pelo seu pescoço.

— Continuo apaixonado por você.

— Então é aqui mesmo que você deve morar. Você deve ficar para sempre dentro desta chuva que nos amacia o espírito. Você se acalma quando eu te chamo de querido, você acha meigo quando falo querido perto do seu pescoço, quando eu pergunto, posso te chamar de querido? Sabe, parece que já estamos há muito tempo juntos, sabe, quando te chamo de querido, parece que tenho um certo poder sobre o seu corpo, você me obedece e sente prazer ao me obedecer, querido, querido, querido, tire a calça enquanto eu vejo se não tem mais ninguém na casa

— Não tem ninguém, eu prometo.

— Então você não quer que eu me afaste, querido? Ficarei sempre perto de você. Vou te ajudar a tirar a roupa. Está sem cueca? Quer que eu te beije aqui, você sabe que eu faço isto por amor, por saber o que é melhor para o seu destino; sua vida; sua morte.

— Não consigo respirar direito.

— Calma, querido, é só respirar fundo, respire fundo, vou colocar a minha boca aqui enquanto você olha para a chuva.

— Tá.

— Gosta desta velocidade?

— Sim.

— Eu quero que você faça igualzinho à chuva. Igual ao esguicho lento e amplo da chuva. Quero que você faça na minha boca. Tudinho, querido.

— A chuva é tão linda. Pena que não pode nos molhar.

— Posso fazer com a boca e com as mãos pra você agora. Não é gostoso? A minha voz pode ficar soando dentro da sua cabeça. E, enquanto eu faço este movimento com a boca, com a língua e com as mãos, querido, pode a minha voz soar tranquila na sua cabeça?

— Não estou conseguindo respirar. Quero ir pra fora ver a chuva.

— Mas aqui dentro é muito melhor. Eu trago a chuva pra você. Pronto. Consegue sentir a chuva?

— Consigo.

— Agora tudo ao mesmo tempo. Todos os movimentos e a dança que a chuva provoca em seu corpo. Você é tão lindo dançando na água. Agora me diga: você quer ou não quer ficar para sempre aqui com a sua Janaína? Sim ou não, querido.

— Sim. Para sempre. Para sempre. Eu não consigo respirar. Jana, eu não consigo.

— Tudo bem. Tá tudo bem, querido. Ninguém está olhando. Estamos só nós dois. Você vai se acostumar.

— Eu não consigo... preciso de oxigênio...

— Goza, querido.

— Não posso...

— Isso. Pra mim.

— Não posso morrer. Não estou preparado.

— Goza, querido. Pra mim. Pra sua Janaína.

— Sim. Pra você.

— Isso. Isso mesmo. Pra sempre, querido. Pra sempre.

INT. NOITE. TEATRO

A mariposa bruxa na lente de um elipsoidal. O penúltimo cigarro na carteira. Junior come diligente um pacote de Bis.

Junior – Se não rolar, fazemos sem grana.

Jonas passa pelo palco, cumprimentando espectros: a peça havia sido extinta da programação. E ele não era bom em guardar segredos.

Jonas – Não sei, não, Junior. Minha prova de mestrado tá aí.

Junior – Mestrado?! Cê tá maluco. Você já tem um nome. Temos tudo para dar certo.

Na verdade, Jonas pensava em como ganhar dinheiro. "Dar certo", "carreira", "fama" eram já estruturas inabitadas da sua cabeça. Fantasmas que, vez ou outra, gostavam de irritar a vaidade. Seu interesse, no momento, era COMO CONSTRUIR UMA ESTRUTURA DE VIDA EM QUE NÃO DEPENDESSE MAIS DE SEUS PAIS OU DE QUALQUER OUTRO PARENTE PRÓXIMO.

Parte 1

EXT. NOITE. BAR

Depois das inúmeras tentativas de viver o sonho artístico, a mecânica de carros parecia uma solução. Na faculdade de engenharia, a Poli, frequentava como ouvinte algumas aulas e sentia orgulho em entender a complexidade de um motor V8 ou a dinâmica funcional dos modelos populares. Sempre gostou de automóveis, fato que nunca revelou nas rodas teatrais da capital paulista (pra que passar vergonha, não é mesmo?). Pelas bordas, migrava, paulatinamente, em direção a outro mundo.

Jonas – Quero um litrão de Brahma e uma dose de Ypioca prata, por favor.

Junior – Jonas, tem muita gente pior do que a gente. Aquele pessoal do teatro documental, por exemplo: não posso com isso! Ninguém aguenta mais.

Jonas – Descobriram um nicho. Normal. Já vi várias peças boas nesse estilo.

Junior – Mas a gente tem a faca e o queijo. Sou o melhor ator desta porra de cidade, você sabe. Podemos fazer algo muito mais inovador do que essa porcaria. Meu Deus, você sabe. Você sabe.

Vira a cachaça num soco.

A mariposa, aquela mariposa (ou muito parecida com aquela do teatro), pousa em sua mão.

Jonas – SAI DAQUI!

Junior – Escuta, Jonas, vamos levantar a peça sem dinheiro! De repente, podemos chamar o Lorenzo Canola para assistir. Ele pode dar uma força. Todo mundo sabe que vocês são amigos.

Jonas – Não falo com Lorenzo há séculos! Garçom, mais uma (*Aponta para o copinho*). Lorenzo não é amigo de ninguém.

A mariposa bate asas na trave esquerda de seus óculos. Jonas puxa a toalha de mesa no ímpeto de alcançar um abanador. Em câmera lenta, os líquidos atravessam o rosto da bruxa, que olha diretamente para as suas retinas:

Bruxa – ꞓeɾWmɘ‡ʎ?[1]

Junior – Gente, acho que foi um AVC! Acode, pelo amor de Deus!

Bate asas no nariz de Jonas e depois rebate feito uma bola de pingue-pongue pelas quinas da padoca. Some naquela escuridão amarela da rua Pamplona. Jonas pede desculpas aos demais. Levanta a cadeira. Vai ao banheiro e…

INT. BANHEIRO. NOITE

---

[1] "Vai desistir do teatro?" (trad. aproximada)

Lava o rosto empalidecido.

CÂMERA. DETALHE

Em forma de um olho, restava, numa das lentes, um pó marrom, produto tóxico do bicho que sobrevoou sua cara. Eca.

EXT. NOITE. AV. PAULISTA

Retorna pela Avenida Paulista. Pé ante pé. Os mendigos riam em uníssono de seu passo caduco. Um casal de dreads acende um baseado na escadaria da Gazeta. *Jonas pede um trago. Segura a fumaça e solta uma imensa nuvem de borboletas acinzentadas. No bolso, o último cigarro pedia para ser aceso.*

Jonas – O último da minha vida.

Abre uma Heineken.

Jonas – Esta também. A última da minha vida.

INT. NOITE. APARTAMENTO

Desaba no sofá-cama. Jéssica diz por mensagem, abre aspas, estou ansiosa para saber de tudo, fecha aspas. Ele inicia uma chamada de vídeo.

Jonas – Meu amor, hoje foi impressionante. Você já leu alguma coisa sobre o motor v8?

Jéssica – Não! Estou louca para saber. E o ensaio aberto?

Jonas – Ah, prefiro não falar sobre isso.

Jéssica – O que aconteceu?

Jonas – O que não aconteceu...

Jéssica – Que pena! Sinto muito.

Silêncio.

Jonas – Mas voltando à aula, a mecânica do v8 é impressionante!

Começa a explicar o pouco que havia aprendido sobre o assunto. Jéssica, em seu turno, dava corda. Apaixonava-se ainda mais por Jonas ao ouvir suas explicações sobre qualquer coisa, e ele parecia nutrir um sentimento bonito pela bailarina ao dizer o que sabia e o que gostaria de saber.

Jéssica – Amado, preciso jantar. Estou adorando o papo sobre combustão, motores e velas, mas é que chegou gente aqui em casa. Te amo.

Jonas – Eu também.

A vizinha da frente dançava a coreografia da vez, com um cigarro em uma das mãos e uma longneck em outra. Acena para Jonas, que retribui o gesto levantando a latinha.

INT. BANHEIRO. NOITE

Vai para o banheiro, deixa a urina guardada escorrer.

A IMENSA BRUXA SOBREVOA A ÚNICA LÂMPADA DO AMBIENTE.

Parte 2

Mas que saco! Esta sacana me perseguindo.

Bruxa – ȸ‡ɾɛeʎʎcøɾʃ[2]

Ele puxa a descarga. Volta para o sofá.

INT. SALA. NOITE

Jonas – Eu tenho medo de ser pego de surpresa.

Ela pousa em seu ombro direito.

Bruxa – ɯɣχɾʎəəøɫ[3]

Jonas – Hahahah, não. (*Abana a bruxa*) Claro que não! Tenho medo de levar um susto. Nada sério, nada de "existência", "tragédia", "destino"...

Bruxa (*Pousa em seu ombro esquerdo*) – ɪeɰɰɯɔeɓɫ ɫʎɾ?[4]

Jonas – Dizem que desistir pode ser um ato de sabedoria.

---

[2] "Você é um fraco. Um fraco. Só um fraco teria medo de mariposas, baratas e aranhas."

[3] "Então a questão é essa: medo das surpresas da vida."

[4] "Posso ver nos seus olhos que o seu destino está piscando em outro lugar. Por que você desistiu?"

Bruxa – ɰɰɰɰ ꝺɔɕꞇøχ˳ɯɾʀʉʉ![5]

Ela eriça as asas que, na luz do led, ganhavam um aspecto de borrão sanguíneo. Pousa na barra de metal da janela.

Jonas – Já tentei escrever sobre a experiência de perder. De perder amigos. De perder contatos. De perder pessoas. De perder o mundo. Mas me parece ainda mais irritante. Não entendo por que ele (*Aponta para mim*) insiste. Não acho proveitoso. Deveria desistir também.

Bruxa – ɑəøɾɾɾʃṃftʂtɑ[6]

Jonas – Talvez.

A vizinha dava risadas largas, frouxas. O celular ressoa amargo:

Junior em off – E aí? Bora fazer acontecer? Estou aqui, amigo. Me ligue quando puder.

Passam-se dez minutos, Junior volta cavernoso:

Junior em off – você não é um mecânico, Jonas! Que merda é essa?! Carros?! Da onde você tirou isso? Podia ter me dispensado com uma desculpa melhor, porra! Você acabou com tudo! Tudo!

Bruxa – ɰɰɰɰ ffɰɔeɪeɑ˺ɓɾ[7]

---

[5] "Hahahahah, isso nos livros de autoajuda que você anda lendo."

[6] "É possível que a sua forma de desistir seja escrevendo."

[7] "Hahahaha, olha só: colhendo inimizades."

Jonas – Não quero saber sua opinião.

Pousa em sua cabeça.

Bruxa – ṃʎɕøȶ˞ъʃʮʮəø[8]

EXT. MADRUGADA. RUA\METRÔ

Veste a jaqueta de couro, entra no elevador e sai rumo à estação Trianon-Masp. Entra no trem para a Vila Madalena. Olha que coincidência: o casal de dreads nos fundos.

Bruxa – ωʊɔeṃɪe[9]

Bate asas na boca de Jonas.

Jonas – Sai daqui sua nojenta!

Dreads – Tá falando com a gente?

O dread alfa vai em sua direção levando uma montanha nos pés.

Jonas – Amigo, tava falando com a mariposa...

Dread-alfa – Mano, você acha que eu tenho cara de palhaço?

Um soco atinge o nariz de Jonas, que cai duro no piso do veículo. A garota dread dá um chute na barriga do nosso ex-artista e futuro mecânico.

---

[8] "Você não tem querer. Ainda é uma criança."

[9] "Beije-me!"

Dread-mulher – Isso é pra você aprender, burguês de merda. VOCÊ é o nojento! (*Cospe em seu rosto*)

O trem para. "PRÓXIMA ESTAÇÃO, CONSOLAÇÃO. DESEMBARQUE PELO LADO DIREITO"

Parte 3

Os dois somem junto com a música ambiente e o cheiro doce de maconha. Jonas começa a gargalhar. Escorre sangue pelo acento verde (ou seria azul, não lembro bem). Uma mariposa deita as asas em sua mão. Uma outra em sua testa. Seu corpo é tomado por bruxas, bem como as laterais do subsolo.

Jonas – Suas cretinas! Sumam daqui!

EXT. MADRUGADA. CEMITÉRIO DA CONSOLAÇÃO

Fora da estação, começa a correr. Atravessa todo o cemitério. Os passos largos formavam sombras imensas nos muros. As asas, como piche, cobriam a parte branca que ficava para trás. Jonas escorrega e cai próximo ao portão principal.

Bruxa 1 – ɕøɾɾɕøʆtɓ[10]

Bruxa 2 – ɕøɾɾɕøʆtʃʃʉtietê![11]

Bruxa 3 – ʀɕøʊ?[12]

---

10 "Vamos te levar para dar um passeio."

11 "Um passeio no Tietê!"

12 "O que acha?"

Bruxa 4 – ɯʀ̢ɕøɕøɯʎʂt[13]

Bruxa 5 – ɪeWɒ˥ɟɟʎəəæɕx[14]

Bruxa 6 – ɔeftftʂtx[15]

Bruxa 7 – (*Cantando*) *Alguma coisa acontece no meu coração...*

Bruxa 8 – ffiɒɟəʀ̢ɕøʂt[16]

Bruxa 9 – (*Para bruxa 8*) ɑɑʀ̢ɟɪeW?[17]

Bruxa 10 – ɬʎʃ˥Joɕnas? ˥ʎffiɑ![18]

Bruxa 11 – əøɸgøu![19]

Bruxa 12 – ʂtoɕʃguʂt[20]

Bruxa 13 – ɪeguuʂtɬəøffiffi?[21]

Bruxa 14 – ɵɵɵuʃoɕʎʃʜʜw[22]

---

[13] "Sentir o aroma desta cidade incrível!"

[14] "Para você lembrar que aqui você pode mais."

[15] "E fede mais.".

[16] "Vontade de entrar no estômago."

[17] "Bater asas no estômago dele."

[18] "Pode, Jonas? Também quero!"

[19] "En-tu-pir o aparelho digestivo! Com pó de bruxa!"

[20] "Que gostoso: tudo pó somente pó de volta ao pó!"

[21] "Você aceita casar comigo?"

[22] "Ah, ele é tímido, bruxinhas!"

Bruxa 15 – æɞʎɪeəøɡɪe⊥₦[23]

Bruxa 16 – æɞʎɪeəøɡɪeʍɫ[24]

Bruxa 17 – ɗəəʎ⧺ɡƆƆɓWʌW![25]

Bruxa 18 – ɯftɔeɪe⧺Łʎ![26]

Bruxa 19 – əəxɣʖʃɔeft![27]

Bruxa 20 – ftʎxʖftʊʖnas![28]

Bruxa 21 – ɰɰɰɰɰɰɰ[29]

Bruxa 22 – ɰɰɰɰɰɰɰɰ[30]

Bruxa 23 – ɰʌWɰʌWɰʌWɰʌWɰʌW[31]

Todas as bruxas – ɰʌWɰʌWɰʌWɰʌWɰʌW[32]

Silêncio.

Bruxa 24 – ɫʃɾmɒ[33]

---

[23] "Você não entende nada!"

[24] "Não entende porque estamos aqui!"

[25] "É generosidade nossa te encher de medo!"

[26] "Um garoto, gente! Um bom menino!"

[27] "É generosidade nossa te sujar!"

[28] "Vamos sujar o Jonas!"

[29] "hahahahahahahaha."

[30] "hahahahahahahahaha."

[31] "HAHAHAHAHAHAHAHA."

[32] "HAHAHAHAHAHAHAHAHAHAH."

[33] "Tá sentido o cheiro?"

Bruxa 25 – Ωɫɒɪeɔeᵗχm̤[34]

Bruxa 26 – ʃtietêɾʌm̤y[35]

Bruxa 27 – ᵘɱɫʃʂtŋ!?[36]

Bruxa 28 – ɞm̤ʌmχɥɔeχ?[37]

Bruxa 29 – ɯʃ?[38]

Bruxa 30 – ɯɔeΩﬃʂtɯɯɯ?[39]

Silêncio. Jonas respira fundo. Treme.

Bruxas 31 – ɔeΩŋɰɯ...[40]

Bruxa 32 –ɔeΩŋɰɯWɫg...[41]

Bruxa 33 – ɷɾᵔbftﬄﬃ![42]

Silêncio.

Bruxa 34 – ɯɯɯʂtΩɰɪe?![43]

Silêncio.

---

[34] "Bebe um pouco desta água gostosa!"

[35] "O Tietê é uma delícia!"

[36] "Você ama, né?!"

[37] "Quer ficar aqui pra sempre?"

[38] "Com a gente?"

[39] "Com as suas bruxas?"

[40] "você terá que nos comer..."

[41] "Se você não nos mastigar direitinho..."

[42] "Aí o bicho vai pegar!"

[43] "Nós mandamos em você, entendeu?!"

Bruxa 35 – ɯɯȶɾɷøъgȶ.[44]

Bruxa 36 – ΩƗeɯffluⱡœgw![45]

Bruxa 37 – ɯъɷøɷɷъȶꟻ![46]

Bruxa 38 – ɵʎɷøʅøʅ![47]

Bruxa 39 – ɑɵƆƗeɔeʂtft[48]

Engasga em sua própria saliva.

Bruxa 40 – ɷʃʅאɯɯƗemøɾɸ![49]

Batem em seu rosto violentamente: são esmagadas ali.

Jonas – AHHH, QUE NOJO!

Um fedor... um mau hálito... Jonas vomita algumas mariposas.

Bruxas vomitadas – ȸqɯɯƆ![50]

Bruxa 41 – ɷɯ◻? ʂtყ:[51]

Bruxa 42 – ɯɯftȸuȟɡ![52]

---

[44] "Nós é que mandamos."

[45] "Você é a nossa marionete!"

[46] "Nosso machinho fofo!"

[47] "Um bom menino!"

[48] "Toma esta água: ela vai te fazer bem."

[49] "Agora vamos te sujar. Sujar esta barba linda!"

[50] "Voltamos!"

[51] "Onde estávamos? Ah, sim:"

[52] "A gente pode ficar te sujando a noite inteira!"

Bruxa 43 – ŋʎuɫɫɅ.[53]

CÂMERA. DETALHE

Silêncio. Milhões de mariposas olham diretamente para os seus olhos.

Bruxa 44 – ɯcøʎʃuȸuɫɫɅ?[54]

Bruxa 45 – ɡȸuɫɫ?![55]

Bruxa 46 – ȸuɫɫffjanas![56]

Bruxa 47 – ꝭʄ!ɡɔɯ![57]

Bruxa 48 – ﬄﬄﬄŋɫæɕɷ![58]

Bruxa 49 – Ꞓuɫɫ ![59]

Bruxa 50 – Iȶuɫɫuɫɫ ![60]

Uma infinidade de mariposas kamikazes se esborracham em seu corpo. Elas morrem em nosso ex-artista. Todas.

EXT. BAR. NOITE

---

53 "Até você nos prometer."

54 "Promete que vai ficar aqui pra sempre?"

55 "Nos mastigando?!"

56 "Me mastiga, Jonas!"

57 "Vai! Mastiga!"

58 "Hummm, pozinho gostoso!"

59 "De bruxa!"

60 "Sem pena, amoras!"

Do bar Sujinho, era possível ouvir um grito metálico de horror. Acabou. Acabou. Mas ainda sente a número 1 batendo asas em sua circulação.

Jonas – Suas nojentas suas nojentas não vou me submeter não vou comer ninguém suas nojentas não vou mastigar ninguém suas nojentas asquerosas suas fedidas fedidas nojentas não vou engolir ninguém nojentas asquerosas nojentas fedidas.

Pede socorro num bar. Uma senhora fuma enquanto canta "Corcovado". Para no meio da música, o chapéu panamá aproveita para afinar o violão. Jonas quer uma cerveja (ué, aquela não era a última?). Ela oferece um Free Azul e uma porção de fritas:

Cíntia – Meu filho, você precisa urgente de um banho!

No celular, insiste em chamar um Uber. O sinal não ajuda. Ah, uma mensagem da Jéssica: "Vou passar a noite com você. Pode?" Buzina um Honda Fit.

SIM!

Parte 4

EXT. MADRUGADA. CARRO. CONSOLAÇÃO

Vomita a última mariposa no banco.

Uber – Porra, amigo... Carro zerado! Peguei ontem na concessionária!

Mira os olhos do bicho. Nada indicava que aquilo poderia falar. Pinça o par de asas com os dedos e joga a desfalecida pela janela. Mil outras também viajam no frio, lembrando o barulho de cartas sendo embaralhadas. O motorista liga o rádio.

Rádio – "Não foi um fato desconhecido pela imprensa o pé esquerdo das sapatilhas da garota Jéssica, morta em 15 de fevereiro de 2015, ter sido extraviado nas investigações. Esta é uma história de desencontros suspeitos e paradoxos peculiares. Primeiro, porque a Polícia Militar anunciou ter achado a jovem já sem nenhuma sapatilha nos fundos de um freezer no Mercado de Peixes em Santos. Segundo, porque, de acordo com o relato de duas testemunhas, o calçado havia surgido em uma lixeira próxima ao local. Jéssica, uma bailarina de 22 anos, participante do principal balé da cidade de São Paulo (...)"

Jonas – Amigo, você pode aumentar o som?

Rádio mais alto – "(...) Era uma garota sonhadora e alegre, que, nas palavras do seu diretor artístico, abre aspas, tinha um futuro imenso pela frente, fecha aspas."

Olha no celular:

CÂMERA. DETALHE

FEVEREIRO,

SEXTA-FEIRA, 13

Parte 5

Liga para Jéssica.

Jonas – Meu amor, vai lá pra casa agora.

Jéssica em off – O que aconteceu?

Jonas respira fundo. Tira um pedaço de asa porosa remanescente em seu cangote. E outra atrás da orelha.

Jonas – Vamos embora daqui! Vamos para outro lugar! Sumir de São Paulo!

Silêncio.

Jéssica em off – E o meu trabalho na companhia?

Jonas – Você é boa. Consegue trabalho onde quiser.

Silêncio.

Jéssica em off – Você sabe que não é bem assim.

Silêncio.

Jonas – Jéssica, me escuta, vai ser melhor pra gente/

Jéssica em off – VOCÊ ACHA QUE EU SOU O QUÊ?

Jonas – Calma, não desliga. Vai lá pra casa.

Silêncio.

Jéssica em off – Não sei se quero.

Jonas – Não, não, não! Vamos conversar, tá bom. Não faz isso comigo.

Silêncio.

Jéssica em off – Tá bom. Então, para de dar uma de maluco!

Jonas – Sim. Eu paro. Conversamos em casa.

INT. APARTAMENTO. MADRUGADA.

Enquanto Jonas veste a calça jeans, toca a campainha. Vai atender. É Jéssica.

Jonas – Ah, meu amor! Que bom ver você.

Silêncio. Os dois se olham por um tempo. Jonas chora. Abraça a garota.

Jonas – Jéssica, escuta: tem um negócio que você não sabe. Se eu contar, vou parecer um louco. Mas a gente precisa ir embora de São Paulo.

Silêncio.

Jéssica – Eu não quero sair de São Paulo! Não tenho problema nenhum com esta cidade.

Jonas – Eles vão te matar!

Silêncio.

Jéssica – Quem?

Jonas – Eu não sei! Eu ouvi no rádio.

Silêncio.

Jéssica – Meu amor, você tomou ácido?

Jonas – Estou falando sério. Vem comigo pra...

Eu – Curitiba?

Jonas – Isso. Curitiba. O que acha?

Silêncio.

Jéssica – Eu vou é pra casa.

Jonas – Não faz isso. Espera um pouco.

Jéssica – Tenho que ir.

Jonas – (*Absolutamente desesperado*) NÃO PELO AMOR DE DEUS FICA EU FAÇO TUDO O QUE VOCÊ QUISER FICA PELO AMOR DE DEUS ELES VÃO TE MATAR EU SEI EU OUVI NÃO FAZ ISSO COMIGO JÉSSICA ELES VÃO MATAR VOCÊ!

Dá um abraço nela, exageradamente: como se nunca mais fosse soltá-la.

Jéssica – Ei, se acalma!

Jonas – NÃO, EU PRECISO TE LEVAR DAQUI: TEM UM ASSASSINO AÍ FORA!

Chora sem rumo.

Silêncio.

Jéssica – Amor, escuta: vou ficar do seu lado o tempo que você precisar, ok?

Jonas – Isso. Não viaje para Santos. Fique na minha casa.

Jéssica – Tudo bem. Vou ficar contigo.

Pega as mãos de Jonas como se pegasse mil conchas de um atol colorido.

Jéssica – Ei, você poderia comprar um calmante na farmácia aqui embaixo?

Eu – Sem problemas.

Deita ele na cama. Beija a sua testa. Diz que vai ficar tudo bem. Vai ficar tudo bem. Vai ficar tudo bem.

Jéssica – Lembra quando a gente visitou o aquário de Santos? Aquela paz. Tão gostoso esse tempo. O começo da gente. Nós dois boiando juntos com aqueles peixes todos.

No escuro, ele sente bater as asas no estômago. Duas mariposas abrem a cortina estilo blecaute. O sol é uma parede branca prensando a sua cara amanhecida. Um bilhete cai feito uma pena na mesa de cabeceira:

CÂMERA. DETALHE

"Amor, tive que ir. Não pude deixar de visitar meus velhos. Qualquer coisa, me liga. Te amo. Fique bem.

Jéssica"

Jonas – NÃO! NÃO! POR QUE VOCÊ FEZ ISSO COMIGO?! ELA VAI MORRER! VAI MORRER! MEU DEUS! MEU DEUS! ELA VAI MORRER!

Liga para a locadora de automóveis. Passa pegar um Celta prata sem direção hidráulica, nem ar-condicionado. E segue em direção à ESTRADA DE SANTOS.

Final

EXT. CARRO. ESTRADA PARA SANTOS. MANHÃ.

No caminho, escuta sobre supostos rituais macabros acontecidos na cidade. Chora aos soluços. Em vez de árvores, na estrada via as pernas de Jéssica, como tesouras abertas, pálidas e ainda úmidas. Brotavam sapatilhas dos pés que eram manchadas de sangue conforme seu olhar se demorava ali.

Jonas – Por que você fez isso? Você acabou comigo. Você me destruiu. Eu te odeio (*Aponta para mim*). SIM: VOCÊ (*Aponta para mim de novo*) — EU TE ODEIO!

* * *

Mas ao chegar na cidade, percebe que está em Curitiba.

Jonas – O QUÊ?

É Lila parada na frente de seu futuro apartamento no Campo Comprido.

Lila – Você está de volta, meu amor. Que bom!

Silêncio

Um cachorro corre em sua direção.

Lila – Essa é a nossa cachorra: Jéssica! Lembra dela?

Jonas – Não. (*Silêncio*) O que é essa marca em sua testa? Parece uma borboleta...

Eu – Ah, isso? Não é nada. Acidente doméstico. Entra. Fica à vontade. Quero te mostrar tim-tim por tim-tim tudo o que você ainda não viveu.

AGRADECIMENTOS

A Iamni, pela leitura,

pelo amor

e pelas mãos que não me soltaram quando andei perdido dentro de mim.

A minha família, em especial, minha mãe, Ignez, meu pai, Deocy, minha tia, Chica.

A Antonia, tio Juan e Pri.

A Guida, a Mathilda, a Lucho e a Naná.

À Editora Urutau.

A Guilherme Gontijo Flores pela leitura atenta e precisa.

A você, que está com o livro em mãos, e que faz a Lila ter cada vez mais voz neste mundo.

Muito obrigado!

*

*   *

ALEXANDRE GIL FRANÇA

nasceu em Curitiba em 1982. Já trabalhou com poesia, música e teatro. Publicou, em 2015, seu primeiro romance, *Arquitetura do mofo* (Selo Encrenca). Atualmente, edita junto com a poeta Iamni Reche Bezerra a *Mathilda Revista Literária*. É mestre em artes cênicas pela USP e doutorando em teoria e história literária pela Unicamp. *Terebentina*, para alguns, é seu primeiro livro de contos; para outros, seu segundo romance. O autor prefere dizer que é o seu segundo livro em prosa.

FOTO DO AUTOR: IAMNI RECHE BEZERRA

este livro foi editado

no outono

de 2023